La Situation

Karim
Miské

Les Avrils

Et vous, qu'est-ce qui vous manquerait le plus si tout cela devait disparaître à jamais de votre vie ?

Françoise Héritier

1

N'importe qui d'autre me l'aurait demandé, je ne serais pas descendu. Mais l'invitation venait d'Éminé, ma meilleure amie, la personne la plus déterminée que j'aie jamais rencontrée. Il était 17 heures, elle voulait boire une bière en terrasse, profiter d'un rayon de soleil, partager un plaisir simple. Un désir parfaitement légitime pour tout autre qu'un froussard dans mon genre. Car depuis le début de ce que l'on appelait, par un goût bien français de l'euphémisme, « la Situation », je me terrais chez moi, sans aucune intention de mettre le nez dehors tant qu'on ne serait pas sortis de ce chaos. Trois mois déjà que je passais mes jours et une bonne partie de mes nuits à naviguer d'un site à l'autre, à écouter la radio et à regarder les chaînes d'info en continu, histoire d'entretenir mon niveau de stress et d'angoisse. Bref, à observer en temps réel et bien au chaud dans le cocon protecteur de mon appartement, l'inexorable descente aux enfers du pays. À l'exception des livreurs et des visites de Tony et Éminé, mes seuls contacts avec le monde extérieur s'effectuaient par écrans interposés. Pour être honnête, avant le 6 février, déjà, mon côté ermite avait commencé à se développer. L'éclatement du conflit m'avait fourni le prétexte ultime pour me laisser aller à la vie amniotique à laquelle j'aspirais depuis des années.

Pourtant, si mon corps était préservé des dangers, mon inconscient était, lui, en prise directe avec l'effroi. La nuit précédente, j'avais fait un cauchemar glaçant que je m'étais empressé de raconter à Éminé dans l'espoir de la faire renoncer à son projet de descendre au bar.

– Imagine, j'étais seul au milieu de l'avenue Parmentier. Partout, il y avait des ruines fumantes et des corps. La vision était si horrible que ça m'a réveillé. Quand j'ai ouvert les yeux, j'étais en sueur et j'avais encore l'impression qu'il y avait des cadavres tout autour de moi. Une rémanence macabre qui se mélangeait au calme de ma chambre et résonnait comme un reproche ou un avertissement. Alors, je sais pas, tu préfères pas monter ? J'ai de la Duvel au frais. La semaine prochaine, promis, on ira boire un coup, mais aujourd'hui, je le sens pas.

Elle avait ri d'abord.

– Non mais Kamel, tu t'entends parler ? « Une rémanence macabre », même quand tu racontes un cauchemar, tu ne peux pas t'empêcher de faire de la littérature.

Je me suis tu et elle aussi. Au bout d'un moment, elle a recommencé à parler. Sa voix était douce, empathique.

– T'es pas sorti de chez toi depuis le début de tout ce bordel, c'est bien ça ? Tu ne peux pas passer ta vie enfermé, ou alors, tu vas vriller pour de bon. Allez, descends, je te commande une pinte d'IPA. Prescription spéciale du Dr Sadak. Approuvée par l'Académie de médecine dans les cas de vague à l'âme, d'angoisse de guerre, et même de panne d'inspiration.

Dans l'escalier, j'ai compté toutes les fois où Éminé avait feinté la mort. Elle avait commencé sa carrière de photojournaliste à vingt-deux ans en allant couvrir le siège de Sarajevo armée d'un Nikon. Après la Bosnie, elle avait mis le cap sur la Somalie avant d'enchaîner avec la Tchétchénie où elle avait accédé à la célébrité grâce à ses clichés de la bataille de Grozny. Depuis, elle n'avait cessé de documenter les conflits que cette maudite race humaine produisait en flux tendu d'un bout à l'autre de la planète. Quatre fois, grâce à sa vigilance, son instinct et un don certain pour se faire des amis, elle avait échappé au pire. Une bombe à Mogadiscio, une rafale de kalach à Soukhoumi, une autre à Kisangani, un jet d'acide à Tulsa. Après quarante-deux ans d'activité, elle était aujourd'hui en semi-retraite. Éminé était une pro du danger. Si elle estimait qu'on pouvait s'autoriser une pinte en terrasse, je lui faisais confiance. Et puis quelque chose en moi voulait croire que Chez Gilberte (le meilleur bar du quartier, opportunément situé au pied de mon immeuble et en face du sien) demeurait une oasis hors du temps, une zone libérée des contraintes du réel. Que Paris était toujours la ville magique qui avait accueilli Éminé quand, âgée d'à peine dix ans, elle avait dû fuir Istanbul avec sa mère après l'assassinat de son père par les Loups gris. Sauf que le 6 février dernier, notre refuge avait basculé, avec le reste du pays. Ce jour-là, les miliciens de la Ligue française et leurs alliés de la Police nationale avaient envahi le palais Bourbon, assassiné huit députés non blancs et fait pendre Albertine Kouadio, la première femme noire à avoir jamais présidé l'Assemblée nationale. Pendant ce temps, notre président, Brandon Humbert, quittait Paris en toute discrétion. Comme si le sort tragique du quatrième personnage de l'État ne le concernait pas. C'est pourtant lui qui avait fait de cette syndicaliste respectée une femme politique de premier plan. Lui qui proclamait partout qu'elle incarnait l'avenir du pays. Mais Humbert est ainsi, il joue avec les idées comme avec les gens. Et bien malin qui, sur son visage lisse de VRP, peut distinguer ce qu'il pense réellement de ce qu'il est en train d'affirmer. Son intérêt (et celui de la classe des possédants à laquelle il a réussi à s'intégrer, lui, le fils d'une mercière de la Creuse, à force de travail, de volonté et grâce à son étonnante capacité à donner aux puissants les signes de soumission qui les rassurent, sans jamais sembler s'humilier pour autant) est sa seule boussole. Rien d'autre n'a d'importance pour cet ancien maire de Guéret, qui n'a dû son investiture qu'au bon vouloir de son prédécesseur et ne l'a emporté contre la candidate néo-fasciste qu'avec trois mille voix d'avance, 65 % des électeurs ayant préféré rester chez eux. Son tour de force a été de parvenir à créer un parti – judicieusement nommé Égalité – sans jamais assumer publiquement la nature de son idéologie ultralibérale.

Véritable acte inaugural de la guerre civile, le massacre du palais Bourbon avait été diffusé en direct sur les écrans du monde entier mais Éminé n'arrivait pas à s'y faire. On était en France, non ? Les gens avaient un cerveau, ils allaient se ressaisir. Incapable d'intégrer la folie dans laquelle avait sombré son pays d'adoption, elle souffrait d'une forme aiguë de dissonance cognitive.

Elle était loin d'être la seule. Depuis trois mois, chacun y allait de sa théorie. Je me souviens d'une fois, au bar (c'était mi-février, au tout début des violences, ma dernière sortie avant que je m'enferme dans mon appart), où elle était en grande discussion avec Erwan Biziou, son amant, un gamer sur le retour dont le plus haut fait d'armes était d'avoir remporté au milieu des années dix (pas moyen de me souvenir si c'était en 2014 en Pologne ou en 2015 en Allemagne : à force de s'entendre sans cesse raconter les mêmes histoires, on finit par effacer les détails) le championnat de *Counter-Strike : Global Offensive*. Mais cette fois, Erwan ne parlait ni de désamorcer une bombe au dernier moment, ni de faire exploser par surprise les deux derniers membres de l'équipe adverse. Ce changement de sujet de conversation montrait à lui seul à quel point l'heure était grave. Quand je m'étais assis à leur table, l'ex-champion expliquait que selon lui, la société tout entière s'était trompée d'embranchement à la dernière intersection du multivers. Rien d'irrémédiable ne s'étant encore produit, il était toujours temps de rebrousser chemin et de prendre la première à droite pour échapper au cauchemar. Je lui avais demandé s'il avait bien regardé les vidéos du 6 février, s'il pensait vraiment que les meurtres de parlementaires en direct sur YouTube et la mutation de l'essentiel de la police parisienne en milice fasciste étaient un détail de l'histoire. Il avait ri du sérieux avec lequel je prenais ses élucubrations, je m'étais barré en lui assénant que multivers ou pas, l'histoire était une autoroute. Une fois engagé sur un tronçon, il faut rouler jusqu'à la prochaine sortie, c'est comme ça. Éminé était restée avec lui. Les divagations d'Erwan lui faisaient plus de bien que mon angoisse.

Comme je la comprenais.

Toute ma vie, je regretterai de ne pas avoir su trouver les mots. Au lieu de lui parler de mon rêve cet après-midi-là, j'aurais dû lui asséner des faits, la bombarder de captures d'écrans et de gifs malfaisants. Sur les réseaux, les menaces se faisaient chaque jour plus nombreuses et plus précises. Nous étions ciblés. Elle, moi, Erwan, Sarah, Nacéra, Tony, Lassana, et tous les habitants de ce quartier haï depuis des décennies par les contempteurs de la vie telle qu'elle est. Éminé était têtue, mais j'aurais pu lui faire entendre raison. Au lieu de ça, j'ai « fait de la littérature », elle est morte et j'ai survécu.

Depuis trois jours, je revis la scène au ralenti. Les gens tombent, les tables se renversent. Mon amie me regarde avec ce drôle de sourire qui s'est imprimé en moi pour toujours. Un liquide rouge sort de sa bouche. Je trouve ça bizarre : elle a bu de la bière, pas du vin. Vraiment, les choses qu'on peut penser dans ces moments. Ses genoux ne la soutiennent plus, je la retiens comme je peux, on s'enchevêtre, je me retrouve au sol, sous elle. Absent soudain, comme un gamin qui fait disparaître le monde extérieur en se mettant les mains sur les yeux, je suis devenu sourd et aveugle. Est-ce que j'appartiens encore à cet univers ? Suis-je passé de l'autre côté ? Je ne veux pas le savoir. Au bout d'une éternité, pourtant, deux doigts se posent sur ma jugulaire, un cri s'élève, on m'extirpe de là, couvert de sang mais indemne. Tony me prend en charge, les médics et les paramédics ont assez à faire avec les blessés. Je suis vivant et ça ne m'apporte aucune joie. Vivant parmi les morts. Comme dans mon cauchemar. Et aussi comme ce type que j'ai rencontré quinze ans plus tôt, au lendemain d'une autre série d'attentats à cinq cents mètres d'ici. Le gars s'était pris une balle dans le bras, mais sa copine y était restée. Tout ça parce qu'à la fin de leur dîner au Casa Nostra, il était rentré dans le restau pour payer à l'instant où les tueurs arrivaient. Il se sentait coupable à en crever. « Je voulais régler la note sans qu'elle s'en aperçoive, tu comprends, éviter la discussion foireuse sur le partage, alors j'ai fait mine d'aller aux toilettes, mais j'ai bifurqué vers la caisse. Le truc auquel j'arrête pas de penser c'est que, vu comment j'étais assis, dos à la rue, si j'étais resté à ma place, aujourd'hui… » Le gars s'appelait Issiaka, son nom est resté gravé dans ma mémoire. Son nom, et la douleur qui déformait ses traits.

Aujourd'hui, sa douleur est la mienne.

Les cris, le bruit de la mitraille, les soupirs des mourants, les exclamations des tueurs, le fracas des tables, des chaises et des verres, je les ai découverts plus tard avec son binaural et images en 16k streamés par les assaillants avant d'être repris sur tous les réseaux. *La fête aux fdp*, ils ont titré ça, les bâtards. Ça me fait mal mais pas moyen de décoller de l'écran. Pas moyen non plus de répondre à Daphné, ma fille, qui m'inonde de messages. Ni de faire quoi que ce soit d'autre que de regarder cette saloperie de vidéo. On y voit un drone s'approcher et lâcher une grenade sur le checkpoint à l'entrée de la rue Isidore-Ducasse, éliminant d'un coup les miliciens qui protègent l'accès au quartier. On voit ensuite des SUV sortir d'on ne sait où et foncer Chez Gilberte. Les fafs descendre les vitres teintées, sortir les canons des Uzi et abattre sept clients. Les balles perdues atteindre deux institutrices de l'école élémentaire Hector-Malot qui quittaient l'établissement après avoir rangé leur classe, et trois fidèles en *qami* qui se rendaient à la *salat* de l'après-midi à la salle de prière du foyer malien.

Le visage de Daphné s'affiche à nouveau sur mon portable. Pour la énième fois, je ne réponds pas. Qu'est-ce que je pourrais bien lui dire ? Qu'elle avait raison de vouloir m'entraîner dans sa fuite ? Que ma meilleure amie est morte pour une IPA et que je ne m'en remettrai jamais ? Que ça ne vaut pas la peine de vivre dans un monde pareil et que j'aurais préféré y passer ? Que je suis soulagé qu'elle se soit réfugiée à Chartres – là où le président Humbert s'est replié avec le gouvernement, les cinq cent soixante-huit députés survivants, les trois cent quarante-huit sénateurs et l'essentiel de la haute administration ; là où réside, ça tombe bien, Sixtine, la nouvelle compagne de Daphné, enfant du pays et élue de la première circonscription d'Eure-et-Loir – mais que je n'arriverais jamais à me faire à l'idée qu'elle partage sa vie avec une ex-animatrice de talk-show décérébrant devenue députée d'Égalité, le parti présidentiel ? Qu'à cinquante kilomètres de la première ligne de front, elle ne peut rien comprendre à ce que nous vivons ici ?

Rien de rien.

Une conversation entre nous ne servirait qu'à creuser un peu plus un fossé dont je me demande parfois s'il sera possible de le combler. Et puis, Tony lui a déjà tout dit. Elle sait par quel miracle on a survécu : moi protégé par le corps d'Éminé, lui par un fût de Chouffe. Que Sarah, qu'elle a tant aimée, est partie. Ça fait beaucoup à encaisser, même si ma voix a toujours eu un effet apaisant sur elle et qu'elle en a besoin aujourd'hui comme au jour de la mort de sa mère, il y a vingt-cinq ans, lui parler est au-dessus de mes forces. Tout ce que j'arrive à faire, c'est visionner en boucle cette vidéo et celles qui continuent d'apparaître. Rien d'autre n'est possible : faire le tour de l'abomination, en explorer chaque recoin. S'injecter la mort en perf. Atroce, nécessaire, incompréhensible.

Les assaillants appartenaient au « Groupe de Choc ». D'après leur description de profil, il s'agit de la formation d'élite de la Ligue française. Ils sont peut-être doués pour tirer sur des civils mais côté stratégie, c'est pas vraiment ça. Après avoir liquidé les habitués du bar (qui étaient à l'image du quartier : ingénieurs du son, peintres en bâtiment, scénaristes en devenir, plombiers et dealers de *weed*), puis les instits et les muzz, ils ont traversé la rue pour s'attaquer à leur véritable objectif : la Fourmi Électrique. Dès les affrontements de début d'année, ce fleuron de la politique culturelle de la mairie de Paris a été réquisitionné par les « islamo-wokistes » qui en ont fait leur QG. Quinze miliciens suprémacistes blancs y sont emprisonnés depuis trois mois. C'est pour les libérer que leurs camarades du Groupe de Choc ont entrepris cette opération commando.

À leur arrivée, la grille en métal ouvragé de la Fourmi était ouverte. Mais pour atteindre le bâtiment principal, ils devaient parcourir à découvert une allée longue d'une dizaine de mètres. Les assaillants pensaient avoir ouvert le passage à coup de grenades et de fumigènes, mais, cachés dans les étages supérieurs, les snipers wokistes les ont laissés avancer avant de mettre en marche la soufflerie géante – il y a des avantages à s'installer dans une salle de spectacles polyvalente et à compter en son sein une majorité d'intermittents. Une fois les fumées dissipées et le drone fracassé, il ne leur restait plus qu'à faire des cartons comme à la foire. La vidéo siglée GC s'arrête à ce moment, dans un basculement de caméra. Sur l'image figée, une phrase s'inscrit en hommage aux *combattants morts pour le redressement national, leur sacrifice ne sera pas vain, la vengeance ne tardera pas*, des conneries du genre.

Jusqu'à hier soir, c'est tout ce que l'on pouvait voir de l'attaque, mais à quatre heures du matin, les « afro-muslims » de la brigade Mansa Moussa (un groupe armé membre du Front uni, aux côtés des wokistes, des Guerriers de l'Eau poitevins, des Fédéralistes ariégeois, et d'autres milices disséminées sur tout le territoire) ont répliqué en mettant en ligne leurs images de l'assaut. Comme chez les ligueurs, il s'agit d'un plan-séquence filmé par un drone. Une vingtaine de types armés sortent en trombe du foyer malien et cueillent sur le trottoir sept suprémacistes qui sont parvenus à fuir la Fourmi Électrique.

Jamais je n'aurais imaginé éprouver de la joie à voir souffrir quelqu'un. Pourtant, depuis que j'ai découvert cette séquence, alors qu'elle n'avait encore que cinq cent sept vues, et que déjà, dans les commentaires, les ennemis s'agonissaient d'injures et échangeaient des méthodes de torture comme s'il s'agissait de variantes de recettes sur *marmiton.org*, je ne cesse d'y revenir. Comme le disait parfois mon père, le soir, quand, en revenant du boulot, il revêtait sa djellaba, se servait un whisky et s'asseyait dans son fauteuil : « *Wallaye*, ça fait du bien ! » Au bout de deux minutes quinze, quatre assaillants gisent sur la chaussée. Les trois survivants sont à genoux, les mains derrière la nuque. Deux miliciens – un wokiste et un afro, qui, j'en suis presque sûr, est Lassana, le meilleur ami d'enfance de Daphné – les bâillonnent avec du Gaffer. Jusque-là, les islamo-wokistes s'étaient efforcés de traiter leurs prisonniers conformément au droit de la guerre, mais il suffit de voir la brutalité avec laquelle les captifs ont été traînés dans leur QG pour comprendre que ce temps est révolu. Mes dents se mettent à grincer. J'éteins l'écran, ferme les yeux. En pensée, je traverse la rue et me réincarne en bourreau.

Faire souffrir, faire du mal. Attraper des tenailles, un tournevis, deux fils électriques dénudés, une perceuse, n'importe quoi. Creuser la chair, la fouailler à perdre la raison. Percer un chemin dans l'inconscient de ce salopard de ligueur, une longue traînée de douleur. Devenir un héros maléfique à la Thomas Harris, à la Lautréamont, à la Stephen King. Le rendre fou ce bâtard, ce salaud, cet assassin. Ou plutôt, s'arrêter juste avant. Je le veux conscient. Il a tué ma meilleure amie, le sel de la terre. Il a assassiné Sarah qui était comme ma fille. Ces minables se sont exclus de l'humanité en liquidant de paisibles buveurs de bière du 11e arrondissement, des darons en *qami* et des instits. Des instits, putain ! Tu respectes même pas ça ? Ils méritent ce qui leur arrive. Le temps de la justice est passé.

Les yeux toujours fermés, les dents toujours grinçantes, je jette par-dessus bord l'état de droit et la philosophie des Lumières, Human Rights Watch et Amnesty

International. Cela m'apaise, je m'allonge sur le canapé. Tony doit bientôt arriver. Il me tient à bout de bras depuis l'attaque. Il a les clés et débarque à toute heure pour me nourrir, discuter, me forcer à prendre une douche.

Je ne sais plus où je suis ni combien de temps j'ai dormi. Tony est assis dans le fauteuil à côté de moi, une expression douloureuse sur le visage. Hier, c'est lui qui me remontait le moral mais là, quelque chose s'est passé. Je l'entends marmonner en égrenant un chapelet ; ce simple fait est plus qu'inquiétant. Tony Amsellem n'a jamais été tenté par aucune religion. Son père est vaguement juif, sa mère à peine chrétienne, et il s'est toujours tenu à distance respectueuse de l'islam de ses potes. Quand ma fille l'a largué, il a abandonné ses études de kiné pour se réfugier dans la *weed*, le Jack et la MD, pas la spiritualité. À l'époque, c'est moi qui l'ai ramassé à la petite cuillère. Pendant six mois, il habitait quasiment ici. Il s'était découvert une passion pour le hacking et passait ses nuits à cracker pour le fun et le fric des sites ultra-secrets. Jusqu'à ce que, par un retournement inattendu, Sarah le remette sur les rails en lui proposant de reprendre Chez Gilberte avec elle. Il avait investi tous ses bitcoins dans l'affaire et bien lui en avait pris : six mois plus tard, un de ses camarades se faisait serrer par le FBI pour une opération à laquelle il avait failli participer.

Je m'assieds, bois une gorgée d'eau sans que cela interrompe sa scansion. Je finis par comprendre ce qu'il fait. L'un après l'autre, il récite les prénoms des morts, toujours dans le même ordre. Les sept victimes du bar, d'abord : Ahmed, Éminé, Sarah, Gilles, Océane, Kevin et Coumba ; les deux instits ensuite : Denise et Fatima ; les trois fidèles enfin : Mamadou, Bocar et Tijani. Une fois arrivé au bout, il reprend depuis le début. Mes lèvres aussi se mettent à psalmodier. Une évidence, l'invention d'un rite. *Ahmed, Éminé, Sarah, Gilles, Océane, Kevin, Coumba, Denise, Fatima, Mamadou, Bocar, Tijani.* Quand on arrive à Sarah, la voix de Tony se noue. Sarah, sa rivale devenue son associée et sa meilleure amie, après que, incapable de choisir entre son amante et son amant, ma fille les a abandonnés tous les deux il y a six ans pour partir dans la Silicon Valley. *Ahmed, Éminé, Sarah, Gilles, Océane, Kevin, Coumba, Denise, Fatima, Mamadou, Bocar, Tijani.* J'en connaissais la plupart de vue. Normal, depuis le temps que j'habite le quartier. Répéter leurs prénoms me soulage et me fait du mal. Rend la perte réelle. Incommensurable. *Ahmed, Éminé, Sarah, Gilles, Océane, Kevin, Coumba, Denise, Fatima, Mamadou, Bocar, Tijani.* Le massacre des innocents, on s'y habitue à quel moment ? La chute, la déréliction, tout qui s'effondre autour de soi, quel sens on donne à ça ? Les chairs éclatées, les destins brisés, on fait comment hein, pour les digérer ? *Ahmed, Éminé, Sarah, Gilles, Océane, Kevin, Coumba, Denise, Fatima, Mamadou, Bocar, Tijani.* On ne nous a jamais appris à faire avec la guerre. Trop de générations qu'elle n'avait pas sévi par ici. Alors on se raccroche à ce mantra, comme s'il allait ouvrir un chemin. *Ahmed, Éminé, Sarah, Gilles, Océane, Kevin, Coumba, Denise, Fatima, Mamadou, Bocar, Tijani.* Me reviennent les histoires que racontaient ma mère, ma grand-mère et toute la famille des Pyrénées. Les topinambours, les rutabagas. *Achtung* et *Schnell*, les deux mots d'allemand qu'il fallait apprendre si l'on voulait survivre. Les collabos, les tondues. Maman, qui a survécu par miracle à un bombardement et marchait hagarde dans les rues du Havre à la recherche de ses parents. Elle avait six ans. *Ahmed, Éminé, Sarah, Gilles, Océane, Kevin, Coumba, Denise, Fatima, Mamadou, Bocar, Tijani.* Pour moi, le calvaire vécu par ma mère était aussi mythologique que l'*Odyssée*. Aucun rapport avec la réalité de mon existence d'enfant des *seventies*. Les Allemands étaient partis, les colonies avaient disparu. Cuisine en Formica, corn flakes au petit déjeuner, Venilia sur les murs, la modernité qui recouvre la barbarie. La prospérité s'affichait avec son insolence tranquille. *Ahmed, Éminé, Sarah, Gilles, Océane, Kevin, Coumba, Denise, Fatima, Mamadou, Bocar, Tijani.* La guerre était réservée aux Jaunes, aux Noirs, aux Bronzés qui s'invitaient le soir à la télé. Et même si souvent, ils avaient la même tête que moi, je les voyais comme constitués d'une autre essence. *Ahmed, Éminé, Sarah, Gilles, Océane, Kevin, Coumba, Denise, Fatima, Mamadou, Bocar, Tijani.* Les autres, en vrai, ça n'existe pas.

Un silence synchrone tombe sur la pièce. Un peu gênés, on se regarde et Tony se met à parler.

– Je les ai vus.
– Qui ça ?
– J'en avais besoin, je ne pouvais pas rester comme ça à ruminer. Il fallait que je les voie en face. Alors j'ai demandé à Erwan de m'y amener. Nacéra l'a nommé capitaine depuis qu'il s'est distingué dans la défense de la Fourmi, je t'ai pas dit ?
– Attends, il y a des grades, maintenant, chez les islamo-wokistes ?
– Tout change tout le temps. Déjà, ils s'appellent les « ewoks », comme dans Star Wars. Ça va plus vite et ça rassure les enfants. Et Nacéra s'est rebaptisée. C'est la sous-commandante Nacéra, maintenant. Histoire de rappeler qu'elle n'est au-dessus de personne, mais au service du peuple. Elle a annoncé ça hier au belvédère de Belleville, à la fin de la cérémonie d'hommage aux victimes de l'attaque. C'est en référence à une rébellion du siècle dernier en Afrique ou en Amérique du Sud, je ne sais plus trop.

Il y a dix-huit mois encore, Nacéra Mokadem, brillante ingénieure en intelligence artificielle, était cheffe de projet chez InGirum, le géant du jeu vidéo *made in France*. Son domaine de prédilection était l'heroic fantasy. Sa réincarnation en avatar féminin du sous-commandant Marcos est un sacré retournement. En même temps, je la comprends. Pour mener la révolution du nouveau millénaire, mieux vaut s'inspirer des révoltés mexicains que de Bilbo et Gandalf. Dans les années 1990, avec les communautés indigènes du Chiapas, la région la plus déshéritée du pays, Marcos avait mis sur pied l'Armée zapatiste de libération nationale, un mouvement rebelle qui a réussi à arracher au gouvernement l'autonomie d'une zone grande comme la Bretagne ; une utopie anticapitaliste, écologiste et féministe pro-queer qui résiste depuis quarante ans au pouvoir central comme aux narcos. Nacéra a placé la barre très haut. Reste à espérer qu'elle se montre digne de son inspirateur. J'ai encore du mal à m'habituer à son nouveau rôle. Au café, elle faisait partie du décor, parlant de *gaming* et jamais de politique. Jusqu'au jour où une de ses collègues s'est suicidée après avoir appris que son violeur de chef avait été blanchi par le patron de la boîte et qu'elle écopait d'un blâme pour accusation infondée. Nacéra avait mené un combat acharné contre cette décision inique, allant jusqu'à séquestrer avec quinze collègues le directeur, ses deux adjoints et la DRH. Elle avait été licenciée avant de passer en jugement. Le procès avait tenu en haleine le pays durant trois semaines. Elle s'en était tirée avec du sursis mais l'histoire avait fait d'elle une vedette nationale et scellé son engagement. Et puis, elle avait disparu. Selon les rumeurs, elle aurait été aperçue dans les maquis sankaristes du Burkina, chez les néo-lulistes du Brésil ou avec une toute nouvelle milice écoféministe kurde de Syrie. Le 10 février dernier, quatre jours après l'attaque de l'Assemblée par la Ligue française et ses alliés de la police, Nacéra avait refait surface de la manière la plus spectaculaire qui soit. En Île-de-France et aux alentours, les combats diminuaient d'intensité et les lignes de front se stabilisaient. Égalité, le parti présidentiel – qui avait dû créer sa propre milice vu que 90 % des policiers s'étaient métamorphosés en ligueurs et que l'armée et la gendarmerie restaient officiellement neutres de peur d'imploser tant les tensions internes étaient fortes – contrôlait l'ouest de Paris, la majeure partie des Yvelines, le sud des Hauts-de-Seine, l'essentiel de l'Essonne, le sud de la Seine-et-Marne ainsi que l'Eure-et-Loir. Le Front uni s'était lui solidement installé dans l'est et le nord de la capitale, en Seine-Saint-Denis, dans le Val-de-Marne, dans certaines portions du Val-d'Oise et de la Seine-et-Marne. Dans les Yvelines, il contrôlait Mantes-la-Jolie et Trappes. Sartrouville en revanche lui échappait, seule zone du territoire national à être tombée sous la coupe d'une faction djihadiste. Quant à la Ligue française, créée début 2028 par des cadres dissidents des trois principales formations d'extrême droite, elle s'était constitué un fief solide à Versailles dont elle avait, par nostalgie monarchiste et anti-communarde, fait sa capitale. Pour le reste, la plus grande partie de ses troupes se trouvaient dans un arc qui reliait la Picardie à la Normandie. Bien que d'autres régions de France aient connu des affrontements sporadiques, notamment autour de certaines retenues d'eau, les combats les plus violents se déroulaient autour de la capitale. Comme cent soixante ans plus tôt, au moment de la Commune, c'était ici que tout se jouait. Et la Situation n'aurait de solution que le jour où le président Humbert déciderait de s'allier avec l'un des deux camps. Pour l'instant, il était trop tôt pour envisager une telle issue. Et Nacéra renvoyait dos à dos ses adversaires même si, sur le terrain, les seuls véritables affrontements avaient lieu entre wokistes et ligueurs. Elle n'avait rien d'une commandante au sens militaire du terme, mais, du fort d'Aubervilliers au pont de Bezons, elle était présente sur le terrain. Pour ses partisans, elle personnifiait la justesse de la cause.

Béret guévariste sur la tête, treillis vert olive et foulard rouge autour du cou, elle avait prononcé place de la République un discours retentissant devant des dizaines de milliers de Parisiens et était instantanément devenue la dirigeante la plus en vue de la FIWIF, la Fédération des Islamo-Wokistes d'Île-de-France. Bien qu'athée déclarée, c'est elle qui avait choisi le nom du mouvement en citant ironiquement Jean Cocteau : « Ce que le public te reproche, cultive-le, c'est toi. » C'était le moment qui m'avait le plus impressionné dans son discours. Pour être capable de faire applaudir un écrivain dandy mort depuis soixante-dix ans dont l'écrasante majorité de l'assistance n'avait jamais entendu parler, il fallait avoir l'étoffe d'une leadeuse.

– Hey, Kamel, tu m'écoutes ? (Mince, Tony, je l'avais oublié.) Je te disais qu'Erwan ne se sent plus. Il est redevenu aussi frimeur qu'il y a quinze ans. Il était fier de m'amener dans la cellule. Pourtant, ça puait et le spectacle était abominable. Les mecs sont couverts d'ecchymoses, leurs yeux ne se ferment plus. Ils demandent pitié ou alors qu'on en finisse. C'était affreux, mais c'était bon. Sur le moment, en tout cas. Je les regardais et je pensais à Sarah, à Éminé, aux autres.

Je me disais qu'il fallait que les assassins souffrent encore. Je suis un monstre, tu crois ? Bref, Erwan a attrapé un instrument, je ne sais pas ce que c'était mais je me suis senti mal ; il a rigolé et a demandé à un garde de me faire sortir. Pendant qu'on remontait, j'ai entendu un cri. Je l'ai encore dans les oreilles. L'ewok qui me raccompagnait était dans le même état que moi, on a discuté et il m'a filé ce chapelet. Douze grains, comme le nombre de victimes, j'ai pris ça comme un signe. Tu comprends, Kamel ? Dis-moi que tu me comprends.

Tout ce que je comprenais, c'est que je voulais à mon tour traverser les cercles de l'enfer. Voir ce que Tony avait vu, sentir la puanteur, entendre l'effroi. Affronter le mal et si je devais sombrer, eh bien soit. À tout prendre, l'enfer valait mieux que les limbes. Au moins, on était quelque part.

– Amène-moi là-bas.

– Quoi ?

– Amène-moi à la Fourmi Électrique, c'est tout. J'en ai besoin aussi.

– Kamel, je t'assure, tu vas le regretter. Et moi, je ne peux pas être responsable de ça. Je ne me le pardonnerai jamais. Ta fille ne me le pardonnera jamais.

Vie sentimentale inexistante, vie sexuelle limitée. Après sa rupture avec Daphné, il n'avait jamais réussi à tourner la page. C'est triste mais ce n'est pas le sujet. Qu'il se démerde avec sa conscience et son romantisme. Je me lève, j'attrape les clés. Tony sur les talons, je dévale l'escalier. Il parle et parle et parle mais je ne l'entends plus. Une seule pensée occupe mon esprit. Je me jette dans la rue écrasée de chaleur, pour m'arrêter net. Je vacille. Il me rattrape de justesse, me ramène doucement à l'ombre. Le bar, le trottoir. C'est la première fois que je sors de chez moi depuis l'attaque.

2

Toutes les vitres ont disparu, remplacées par du contreplaqué. La chaussée a été nettoyée mais les murs sont criblés d'impacts. Comme ceux des bars de 2015. À l'époque, je gagnais ma vie en écrivant des séries télé sentimentales. Un job qui me plaisait de moins en moins et auquel les événements avaient conféré un caractère d'absurdité. Chaque matin, avant de retrouver ma coscénariste à La Marine, sur le canal Saint-Martin, et d'imaginer avec elle les chassés-croisés amoureux d'une bande de Parisiens en vacances à La Baule, je faisais un bref détour mémoriel. Au-delà des fleurs, des mots, des bougies, j'imaginais en passant devant le Petit Cambodge et le Carillon, la trajectoire de chaque balle tirée. Les vies qu'elles avaient emportées. Ce vertige avait mené à ma reconversion. Une fois terminée l'écriture de la septième saison de *Sex on the beach*, j'avais définitivement tourné le dos aux séries balnéaires et entamé l'écriture de mon premier roman policier.

Que ferait mon héros, le lieutenant Coulibaly, à ma place ? Il mettrait de côté son trauma et examinerait les lieux en professionnel. Prendre du champ, visualiser l'ensemble avant de chercher les détails. Plus facile à dire qu'à faire, car tout m'est familier ici : le carrefour Isidore-Ducasse – Arthur-Schnitzler, j'y vis depuis trente ans. Un lieu extraordinaire, avec son alternance de bars, de librairies musulmanes, de restaurants ouest-africains, de boutiques de fringues où les produits phares sont les hijabs, les abayas, et les ceintures dorées. Aux heures de prière, les croyants croisent les buveurs dans l'indifférence : c'est ça qui avait attiré la fureur des djihadistes des années 2010. Leurs intellectuels avaient théorisé la nécessité de viser les zones grises, celles où les musulmans cohabitent avec les infidèles, espérant ainsi faire exploser la société, semer les ferments de la guerre civile. Dans le quartier, la stratégie avait échoué. Musulmans, athées, chrétiens, juifs et agnostiques avaient continué à mener leur vie comme bon leur semblait. Ceux qui voulaient picoler continuaient de le faire, ceux qui voulaient aller à la mosquée aussi. Parfois, c'étaient les mêmes. Mais ce concept de zone grise ne s'est pas évanoui pour autant. À la fin des années 2020, les suprémacistes blancs lui ont redonné vie. Rien de plus logique : eux aussi détestent le mélange, la coexistence, le « vivre ensemble ». Dans les écrits de Daesh, ils ont trouvé un écho de leurs angoisses. Ils s'en sont inspirés. Aujourd'hui, on peut lire sur le site de la Ligue française de longs passages empruntés à *Dabiq*, la défunte publication du soi-disant État soi-disant islamique. Ils sont allés si loin dans l'imitation de leurs ennemis qu'à l'instar des djihadistes, ils adorent se faire photographier en train de nourrir ou caresser un chat. C'est l'éternel retour du putain de mème. En attendant de parvenir à nous dresser les uns contre les autres, couleur contre couleur, croyance contre croyance, bulle de filtre contre bulle de filtre, ces connards ont réussi à faire taire le quartier avec leur attaque meurtrière. Le temps d'enterrer les proches, de remettre en ordre les lieux comme les esprits, si tant est que ce soit possible.

Contreplaqué sur la façade de Chez Gilberte, rideau de fer tiré sur la vitrine du Leupaleup, un minuscule restau sénégalais où l'on peut manger le meilleur mafé du coin, et sur celle de Modest Is The New Chic, la boutique de vêtements islamiques tenue par Aïssata, une ancienne serveuse qui a découvert Dieu en voyant le soleil se lever sur la pyramide du Louvre alors qu'elle était en pleine descente de MD. Seules les vitres de l'atelier de sculpture sont restées en l'état, brisées, hérissées d'éclats. Affirmation artistique, adhésion à la catastrophe ou refus d'oublier, va-t'en savoir. C'est saisissant. Comme si toute la violence qui avait ravagé la rue s'incarnait dans cette devanture détruite, cela m'atteint au plus profond. L'air est sec, ma bouche est pâteuse, ma gorge irritée, je ne suis plus très sûr d'avoir la force de continuer.

Je m'apprête à demander à Tony de me ramener à la maison, mais il montre quelque chose. Sur le chambranle d'une des fenêtres, deux bandes de Gaffer noir (exactement le même que celui utilisé pour bâillonner les ligueurs faits prisonniers dans la vidéo mansamoussiste) sont croisées en forme de X. Le mot *trouvé* est écrit au marqueur blanc sur l'adhésif avec une flèche pointant vers une chaînette au bout de laquelle est accroché un petit Coran doré. Je le décroche, il s'ouvre en deux, une languette de papier s'en échappe. D'un côté, il y a un numéro de téléphone, de l'autre, un cœur entouré des initiales A et S. À l'intérieur du pendentif, deux photos se font face. Une femme brune au regard déterminé et un bébé joufflu. Mon regard se brouille.

Quand j'étais enfant, lorsqu'on me laissait seul à la maison, j'aimais ouvrir une vieille boîte en cuir ouvragé fabriquée trente ans auparavant dans l'arrière-boutique d'un artisan de Tidjikja, la ville natale de Mohamed Mansour Kassim, mon père. La simple idée que cet objet ait quitté, avec l'auteur de mes jours, l'oasis en plein cœur du désert mauritanien qui l'avait vu naître, me le rendait précieux. L'effort que je devais fournir pour en soulever le couvercle grippé me mettait sur la route de ce lieu plus imaginaire que réel, la part manquante de mon histoire. À l'intérieur se trouvait un véritable trésor. Trois cauris, deux perles d'ambre, une amulette, un porte-clés en lanières de cuir colorées et pompons, et, au milieu de ces babioles du bled, un pendentif en forme de Coran, sans doute fabriqué à Taïwan. Il contenait la photo de Halima, la sœur préférée de mon père, et celle de son fils, Hassan, trois ans au moment du cliché. Pendant un temps, mon père avait imaginé faire venir en France son neveu, prendre en charge ses études, ce qui aurait mis un terme à ma triste condition d'enfant unique. Mais la famille s'était opposée à ce plan. Ils étaient des nobles, des gens du livre, des Oulad Nahna, ils ne voulaient pas laisser leurs enfants se perdre en Occident. Mohamed Mansour était déjà passé du côté obscur, l'hémorragie devait s'arrêter là. Faute de pouvoir jouer avec ce petit cousin dans la réalité, il me restait ces photos qui me reconnectaient, ne serait-ce qu'un temps, à ces racines dont j'avais été coupé. Ce bled dont mon père parlait si peu. « Des dunes et des cailloux, c'est tout ce qu'il y a à voir, mon fils. »

Des dunes et des putains de cailloux.

Et puis, en 1989, un déchaînement de violence interethnique sans précédent avait endeuillé la Mauritanie et le pays où il avait étudié, le Sénégal. Ces massacres avaient jeté une ombre sur son enfance dans le désert comme sur ses années de lycéen à Saint-Louis et d'étudiant à Dakar. Il en parlait rarement, mais j'avais senti que c'était dans cette ville qu'il avait été le plus heureux. Il avait alors décidé de jeter la boîte en cuir ainsi que tout ce qui le rattachait à sa jeunesse africaine. « *Ha goree* » – hélas – « *elly vate ma 'elih etilvat* » – le passé est mort –, s'était-il contenté de dire, passant sans s'en rendre compte du pulaar, la langue de sa mère, au hassanya, le dialecte arabe mauritanien parlé par son père, avant de conclure en français d'un sinistre « il ne reviendra pas. » Je ne comprenais aucune des deux langues dans lesquelles il avait grandi et il m'avait fallu un moment pour le convaincre de me traduire ce qu'il venait de dire d'un ton si lugubre. Cette phrase définitive m'avait glacée.

Quarante-cinq ans plus tard, voilà que le pendentif de mon enfance réapparaît. La femme de la photo a le même air farouche que Halima. Avec ses fossettes et ses cheveux bouclés, le bébé pourrait passer pour une version miniature de Hassan. Il fait trente-quatre degrés à l'ombre, une température normale pour un mois de mai, mais je frissonne. Aussi absurde que cela puisse sembler, je perçois un lien entre les habitants du pendentif et moi. Le lieutenant Coulibaly, lui, ne sombrerait pas dans le mysticisme. Il commencerait par se demander si l'on peut établir une connexion entre cet objet religieux et l'attaque terroriste survenue quelques jours plus tôt. Il essaierait d'imaginer qui a bien pu le scotcher à cet endroit (un ewok, un ligueur, un passant, un rescapé ?) ensuite, il appellerait le numéro, histoire de déterminer à qui il appartient. Il poursuivrait par une enquête de voisinage. Il aurait raison, mais à quelles règles obéit une enquête policière au milieu d'une guerre civile ? Maintenant que tout a basculé, je me demande ce qui m'a pris d'inventer ce personnage de flic noir déterminé à défendre l'idée qu'il se faisait du bien au sein d'une force qui, chaque jour, dans le monde réel, devenait de plus en plus ouvertement raciste et factieuse à force d'impunité. Je m'informais pourtant, je savais pour les contrôles au faciès, j'étais au courant pour la longue liste de jeunes hommes noirs et arabes tués par les flics ou les gendarmes. J'avais grandi dans un monde où les bavures policières faisaient partie des choses qui arrivaient quand on habitait à Vénissieux, en Seine-Saint-Denis ou dans les quartiers nord de Marseille et que l'on avait une couleur de peau tirant vers le sombre. Je voulais croire que cela finirait par changer, c'est bien pour cela que j'avais créé le lieutenant Coulibaly. Même si, à partir des manifs contre la loi travail en 2016, il n'était plus possible de se voiler la face. Entre le nassage systématique des cortèges, l'utilisation démesurée des tonfas et du gaz lacrymogène, on était en train de passer du maintien de l'ordre classique à la guerre sociale. Avec la violence de la répression du mouvement des Gilets Jaunes, deux ans plus tard, j'ai commencé à vraiment m'inquiéter. Je m'étais dit qu'un pouvoir qui pouvait sans ciller éborgner des dizaines de Blancs était prêt à tout. En mai 2021, enfin, un événement s'est produit auquel on n'a pas prêté suffisamment attention. Des milliers de policiers s'étaient rassemblés devant l'Assemblée nationale. Suite à la mort d'un des leurs, ils s'en étaient pris à la justice, trop laxiste selon eux, ainsi qu'aux médias et à tous ceux qui, dans la société, se permettaient de les critiquer. Ce jour-là, l'atmosphère était délétère et je me suis demandé ce qui se serait passé s'il leur avait pris l'idée de vouloir pénétrer dans l'Assemblée. Qui aurait bien pu s'opposer à eux ? C'est à ce moment que j'aurais dû renoncer à Coulibaly, écrire autre chose. Mais j'étais dans le déni. Habité par un infantile désir de croire qu'on peut sauver la société d'elle-même. Je ne valais pas mieux qu'Erwan et ses délires sur le multivers. Et pourtant, même cet abruti avait fini par comprendre la situation mieux que moi. Il avait abandonné les armes virtuelles pour une kalash bien réelle. Alors Coulibaly et ses méthodes d'un autre âge peuvent aller se faire foutre. Ce Coran miniature sera mon talisman.

Je referme le pendentif, le range dans ma poche et traverse la rue d'un pas décidé. Tony me rattrape : d'accord, il m'accompagne, mais je dois le laisser parler. Il sait comment manœuvrer avec Erwan.

C'est sûr qu'entre l'ex-gamer et moi, les relations ont toujours été tendues. Je n'ai jamais réussi à comprendre pourquoi, entre tous, c'est lui qu'Éminé avait choisi. Elle m'avait pourtant expliqué mille fois. « Quand je reviens d'un terrain de conflit, le dernier truc dont j'ai envie, c'est d'avoir une discussion philosophique. La vie, la mort, la finitude de l'homme, l'absurdité de l'existence, c'est bon, j'ai assez fait de travaux pratiques. Avec Erwan, j'ai ma dose de sexe et même de tendresse. Et quand il me raconte pour la vingtième fois ses compétitions de gaming, ça me repose. »

Elle avait raison. N'empêche qu'Erwan déclenche toujours chez moi une aversion immédiate et sans limites. Il en est bien conscient. Je me demande comment il va se comporter maintenant qu'Éminé n'est plus là. Maintenant qu'il est devenu capitaine des ewoks de Paris-Est.

Contrairement au jour de l'attaque, la grille de la Fourmi Électrique est fermée, gardée par deux miliciens équipés d'une oreillette et d'un micro, comme les vigiles chez Sephora. Tony s'approche mais avant qu'il ait le temps de parler, l'un d'eux m'interpelle.

– Eh, monsieur Kassim, vous ne vous souvenez pas de moi ?

Je le dévisage, l'air interdit.

– Bakary – Bak – le petit frère de Lassana ! Je venais chez vous des fois.

Ça me revient. Un garçon d'une dizaine d'années, toujours plongé dans des livres pas de son âge. Il se posait dans un coin pendant que Daphné et Lassana faisaient leurs devoirs ou jouaient à Mario Kart. J'essaie de faire coïncider cette image avec celle du milicien qui se tient devant moi. Il y a de la douceur dans son regard.

– Oui, je me souviens de toi, tu lisais *Les Misérables* en CM2, ce n'était pas courant.

– On s'est revus il y a quelques années, au CDI du lycée Voltaire ! Vous nous aviez expliqué qu'un jour, en contemplant la rue Isidore-Ducasse sous la pluie, une tasse de café à la main, vous aviez remarqué un grand type noir qui portait le col de son imper relevé comme dans les films du milieu du siècle dernier et que c'est à ce moment-là que vous aviez eu l'idée du lieutenant Coulibaly, ça m'a marqué. C'est ma prof de français qui vous avait fait venir, Mme Benhassine. Ça ne vous revient pas ?

Il a un petit sourire taquin. Farida Benhassine, pas étonnant que j'aie préféré oublier cette intervention. On s'était rencontrés Chez Gilberte à l'automne 2025 un soir de déprime. Daphné venait de m'annoncer qu'elle allait se marier avec un cadre supérieur de chez

Meta. Ça faisait un an qu'elle étudiait à Stanford. Ses recherches portaient sur la polarisation affective, un concept né aux États-Unis au début du millénaire pour décrire la manière dont républicains et démocrates en venaient à développer des sentiments de détestation réciproque. Daphné voulait utiliser ce prisme pour étudier l'évolution de la vie politique française, ce qui m'avait rassuré sur l'idée qu'elle rentrerait à Paris une fois son doctorat en poche. Et puis, c'était ma fille, je voulais croire que je lui avais inculqué quelques valeurs. Du genre à lui permettre de comprendre tout le mal que la Silicon Valley faisait au monde. Du genre à l'empêcher de tomber amoureuse d'un collaborateur de Zuckerberg. En un coup de fil, j'avais eu l'impression de l'avoir perdue à jamais. Éminé était partie couvrir les affrontements entre néo-fascistes italiens et humanitaires armés britanniques au large de l'île de Pantelleria, je n'avais personne à qui parler. Farida avait su trouver les mots et pour la première fois depuis la mort de Florence, j'avais baissé la garde. C'est comme ça que, trois mois plus tard, je m'étais retrouvé au CDI de Voltaire. La rencontre s'était bien passée, mais à la sortie, en la voyant si rayonnante, j'avais pris la fuite. Deux jours plus tard, elle était venue me demander des comptes. Je m'étais enfermé dans le mutisme. Elle était partie après m'avoir jeté le contenu de ma bière au visage. L'histoire avait fait le tour du quartier. Bakary était forcément au courant.

– Une chouette rencontre… Tu lis toujours autant ?

– Toujours.

D'une poche de son treillis, il extrait *Neuromancien*, le roman dans lequel William Gibson imagine avec quelques décennies d'avance un monde dans lequel le virtuel grignote des pans entiers du réel. Il y a quelque chose d'étrange dans cette rencontre entre un écrivain sur le retour, rescapé d'une attaque, et un jeune milicien fan de littérature. Mais c'est ça, une guerre civile. Une succession d'incongruités.

– Excellent choix.

– Je vais bientôt mettre en ligne ma vidéo. Je collabore avec *Littislit*, un site de critiques littéraires. On couvre aussi bien les nouveautés que les classiques. Mais vous n'êtes pas ici pour parler de livres ? Vous êtes venus voir quelqu'un ?

Tony prend le relais.

– On voudrait voir Erwan.

– Il n'est pas là. Je peux vous aider ?

– C'est délicat.

– Tout est délicat en ce moment.

– Tu sais que Kamel, M. Kassim, a perdu une amie très chère dans l'attaque ? Deux en fait.

– Éminé et Sarah, tout le monde le sait. Toutes mes condoléances, monsieur Kassim. On va les faire payer, vous savez. Cher.

– Justement, Bak, j'ai un service à te demander. J'ai besoin de voir ceux qui ont fait ça. J'ai visionné les vidéos en boucle mais ça ne me suffit pas. Je dois les regarder en face.

– Vous êtes sûr ? Perso, je suis allé les nourrir deux fois, je m'en serais bien passé. Pourtant, j'ai toutes les raisons de les détester. Bocar Touré qui a été tué sur le chemin de la salle de prière, c'était mon oncle. Et Denise Faure, c'était mon instit en CE2. C'est elle qui m'a donné le goût de la lecture. Alors croyez-moi, j'ai la haine. N'empêche, de les voir dans cet état, c'est insupportable.

J'insiste. Il me détaille, entrouvre la grille. Dans son micro, Bakary demande à son interlocuteur de nous réceptionner et de nous emmener voir les prisonniers. Je me retourne pour le remercier, il secoue la tête d'un air désolé.

Nous avançons dans l'allée qui mène au bâtiment principal. Sur le mur de droite, une vitrine brisée a cessé de protéger l'affiche de *Mère Courage et ses enfants* de Brecht, la pièce qui aurait dû être jouée ici à partir du 7 février. Suite aux affrontements, la Fourmi avait été réquisitionnée par les wokistes, et même si cela n'avait pas été le cas, il aurait été déplacé de jouer dans ces circonstances un texte dénonçant l'absurdité de la guerre. Le réel s'en charge amplement ; un impact de balle s'est fiché dans l'œil gauche de la comédienne liégeoise Clémentine Ebeya. Je la regarde et c'est un autre visage qui s'y superpose. Celui qui s'affichait ici il y a vingt ans. Celui de la seule femme que j'aie jamais aimée.

Jusqu'à ce moment, je me suis efforcé de me convaincre que j'allais y arriver. Que je pourrais aller jusqu'au bout sans m'effondrer. Pas pour les raisons invoquées par Tony ou Bakary : le spectacle qui m'attend en bas est trop horrible, blablabla, mais à cause du drame qui m'a empêché de remettre les pieds ici pendant deux décennies bien que j'habite juste en face. Au printemps 2009, je gagnais bien ma vie comme scénariste et Florence rêvait de quitter l'univers des séries sentimentales pour revenir au théâtre d'auteur. Un metteur en scène jeune et prometteur lui avait conçu un spectacle sur mesure : *4.48 – Fragments*, autour de la vie et de l'œuvre de Sarah Kane, une dramaturge anglaise qu'elle idolâtrait. Joué à la Fourmi pendant trois semaines, le spectacle avait fait un carton. Une tournée était prévue pour l'automne et puis, à la fin de la dernière représentation, à peine le rideau fermé, Flo s'était effondrée. Rupture d'anévrisme. Le lendemain, son décès faisait la une des journaux. Une actrice qui meurt sur scène après avoir joué le rôle d'une dramaturge qui s'était suicidée à vingt-huit ans, c'était trop juteux pour passer inaperçu. *Libé* avait titré *Sarah Kane : la malédiction*. Le reste de la presse était à l'avenant. Avec Daphné, on s'était retrouvés seuls comme des imbéciles. La petite avait sept ans. Putain d'âge de raison. Je n'ai jamais pu retourner à la Fourmi Électrique. Ni déménager. Ni refaire ma vie.

– C'est vous les touristes ?

Une grande blonde que je n'ai jamais vue dans le quartier nous attend devant la salle. Elle n'a rien d'amical. Son ironie et la manière faussement nonchalante avec laquelle elle trimballe sa kalach me disent de faire demi-tour séance tenante mais son sourire de sociopathe m'incite à ne rien tenter de tel. Pendant que Tony lui répond, je triture dans ma poche le pendentif coranique en murmurant comme par réflexe la *chahada*, la profession de foi musulmane que m'avait apprise mon père lors de mon unique voyage au bled. J'avais quatorze ans et je ne connaissais rien à l'islam mais il fallait que je puisse faire illusion. À force de la répéter, la formule s'est imprimée en moi. Elle ne m'a pas rendu croyant, disons superstitieux. Dans les moments de stress, c'est plus fort que moi, je me la récite en boucle. *Ashhadu an la illaha illa Allah, wa ashhadu anna Mouhamadan rassoulou Allah.* Comme si d'affirmer ma foi en un dieu auquel je ne crois pas pouvait me sauver de quoi que ce soit. L'ai-je formulée chez Gilberte au moment de l'attaque ? Aucune idée. Mes souvenirs se sont effacés. Mais, en traversant la grande salle, je la murmure et je revois Florence. C'est comme si c'était hier. Comme si les sièges n'avaient pas été repoussés pour laisser place à des stocks d'armes et de nourriture au fond de cet espace modulable dernier cri. Comme si Flo venait de quitter la scène après avoir prononcé ses deux dernières répliques sans s'imaginer qu'il s'agissait de sa propre épitaphe. « Après 4 h 48 je ne parlerai plus. Je suis arrivée à la fin de cette effrayante, de cette répugnante histoire d'une conscience internée dans une carcasse étrangère et crétinisée par l'esprit malveillant de la majorité morale ». Avant de la rencontrer, je jouais au cynique. « L'amour n'existe pas, c'est des conneries tout ça. » Sauf que pour punition, je l'avais rencontré, l'amour. Qu'est-ce que je suis venu foutre ici ?

Ils sont trois et pas beaux à voir. Chacun attaché à une chaise. La tête penchée en avant. La bouche de l'un d'eux est entrouverte. S'en échappent de la bave ainsi qu'un gémissement continu. Notre accompagnatrice se poste dans un coin de la pièce et nous observe, l'air goguenard.

– Vous y êtes.

« Médiéval » est le premier mot qui me vient à l'esprit. Le deuxième, c'est « dantesque ». J'étais prévenu, mais, sauf à être sadique, rien ne peut préparer à une salle de torture. Et c'est bien ce qui se joue dans la Situation : l'abandon du vernis qui nous protège de la barbarie. La transformation de n'importe quel citoyen ordinaire en criminel potentiel. Les trois types sont à ma merci. Les châtiments dont je rêvais il y a deux heures, je pourrais les leur infliger. Ce n'est pas notre chaperonne qui m'en empêcherait. Ça l'amuserait sûrement de voir un mec comme moi sombrer, confirmant la piètre opinion qu'elle semble avoir de l'humanité. Mais je n'ai rien envie de dire, de faire. Juste m'imprégner de cette réalité, de cette odeur aigre de sueur, de pisse, ces relents de merde et de sang, ce gémissement incessant, mon dieu faites qu'il se taise. Respirer leur peur, appréhender l'étendue de leur renoncement. Peut-être ai-je seulement besoin de mesurer la profondeur de la chute. Ici, entre tous les lieux. Ici où la mort m'a privé de l'amour. Ici où la femme de ma vie a fait vibrer les mots crus inspirés par une autre guerre civile européenne. Le cycle est parfait. Il n'a aucun sens mais il est parfait. « *Ashhadu an la illaha illa Allah* », voilà que ça me reprend. J'ai dû le dire à voix haute cette fois, car quelqu'un complète la phrase « *wa ashhadu anna Mouhamadan rassoulou Allah* ». Ce n'est pas la voix de Tony ni celle de l'ewok, toujours silencieuse. La tête obstinément baissée, c'est le prisonnier du milieu qui a achevé la *chahada*.

Il relève la tête, révélant une vilaine plaie à l'oreille droite, et enchaîne avec la *fatiha*, le premier verset du Coran. « *Bismillahi arrahmani arrahim, Elhamdulillahi rabbi la'alamin arrahmani arrahim maliki yawmi din...* ». Ses deux camarades d'infortune se tournent vers lui, incrédules. L'un d'eux s'exclame : « Arnaud, mais qu'est-ce que c'est que ce bordel ? T'es un muzz ? T'es un traître, c'est ça, t'es une saloperie de traître ! » Il poursuit sa récitation : « *'iy-yaka na'budu wa'iy-yaka nasta'in 'ihdina s-sirata l-mustaqim Sirata l-ladhina 'an'amta 'alayhim, ghayri l-maghdubi 'alayhim wala d-dal-lin* ». Son visage s'est éclairé. On croirait une scène d'une vidéo de propagande salafiste qui pourrait s'intituler *Le kafir touché par la grâce*. Je ne savais pas à quoi je m'attendais mais certainement pas à voir un ligueur psalmodier le Coran. La gardienne non plus. Elle interrompt ce moment divin d'un coup de crosse sur l'occiput du type, qui manque tomber de sa chaise. Du sang se met à couler. On est passés de l'autre côté. On fait partie de la pièce. La voix de la milicienne me terrifie.

– Non mais vous vous foutez de ma gueule ! Sous mes yeux, vous parlez dans une langue que vous êtes les seuls à comprendre ? Maintenant, vous allez la fermer et venir avec moi. La visite est terminée.

La sagesse voudrait que j'obtempère, mais tout ça est trop absurde.

– Je vous assure, il n'y a rien de secret là-dedans. Par contre, vous ne croyez pas que l'on devrait essayer de comprendre pourquoi un ligueur récite la profession de foi islamique ?

– Ces ordures ont buté mon frère au checkpoint Belleville – Isidore-Ducasse, c'est tout ce que j'ai besoin de savoir. Quand on en aura fini avec eux, on les balancera dans une décharge pour que les chiens errants les fassent disparaître pour de bon. Le mec peut réciter le Coran, la Bible, la Baghavad-Gita, j'en ai rien à branler.

Avant de quitter la loge, je me retourne une dernière fois. Le prisonnier me fixe.

– Soraya je n'ai pas voulu ça et je n'ai tiré sur personne. Je vous en prie. Pour elle, pour Ilyas et pour votre salut, dites-le lui. La lumière naît de l'obscurité.

Coupant court à ces divagations, la grande blonde nous fait sortir en pointant sa kalach dans une direction qui n'est pas celle de la sortie. Tony proteste, elle le fait taire d'un coup de rangers dans le ventre. Plié en deux, il se rattrape à un portant et entraîne dans sa chute un fatras de vêtements hors d'âge. Les costumes prévus pour les représentations annulées de *Mère Courage* auront finalement trouvé une utilité. Sans lui laisser le temps de se remettre, la milicienne le frappe. Je lui crie d'arrêter.

– Toi, le vieux, ferme-la. Tu sais ce qu'on leur fait aux espions en temps de guerre ? On les bute.

J'aide Tony à se relever du tas de fripes dans lequel il s'est effondré. Un béret en feutre vert de travers sur la tête, une écharpe jaune autour du cou, il tente de garder sa dignité alors que notre geôlière nous pousse vers le local technique au bout du couloir et me bombarde de questions auxquelles elle ne semble attendre aucune réponse.

– Ce mec, Arnaud, tu le connais d'où ? Qu'est-ce que vous vous êtes raconté en arabe, hein ? Il t'a donné des infos, t'es un infiltré de la Ligue, c'est ça ? Tu veux rien dire, c'est pas grave, je suis la spécialiste ici. Les mutiques, c'est à moi qu'on les confie. Et tu sais pourquoi ? Parce que j'ai tout compris à Léon Trotsky.

Je scrute son visage pour tenter d'y déceler une once d'ironie, mais c'est avec le plus grand sérieux que, tout en nous acculant dans un réduit entre deux racks métalliques remplis de disques durs et de boîtiers électroniques, elle se met à scander des phrases de l'artisan de la Révolution bolchévique :

– La morale est le produit du développement social, elle sert les intérêts de la société, ces intérêts sont contradictoires, la morale a, plus que toute autre forme d'idéologie, un caractère de classe. La guerre civile, forme culminante de la lutte des classes, abolit violemment tous les liens moraux entre les classes ennemies.

Je dois admettre que son pot-pourri est assez groovy, mais quand elle reprend en me fixant depuis le fond de son esprit dérangé, et en pointant l'arme sur le pied de Tony, son flow devient nettement moins sexy.

– La guerre civile, forme culminante de la lutte des classes, tu comprends ou pas ? Ça veut dire que s'il y a un moment où la fin justifie les moyens, c'est maintenant !

J'ouvre la bouche, aucun son n'en sort. J'en aurais pourtant des choses à lui dire, moi qui ai été biberonné à la pensée de ce bon vieux Léon. Ce qui m'intéressait chez lui, ce n'était pas le chef de l'Armée rouge, mais l'opposant à Staline, l'internationaliste, le défenseur de la démocratie directe. Surtout, il incarnait pour moi la longue histoire d'amour de mes parents, Mohamed Mansour Kassim et Annabelle Larrieu. De leur rencontre au meeting « Six heures pour le Viêtnam » en 1966 à la campagne présidentielle d'Olivier Besancenot en 2007, trois mois avant la mort de mon père, l'ensemble de leur vie s'est déroulée sous le signe du trotskisme. Leur couple était dysfonctionnel, certes, mais pas criminel. Des humanistes sans le moindre goût pour la violence.

Je referme la bouche, elle appuie sur la gâchette, provoquant un bruit assourdissant. Je pousse un cri, Tony blêmit mais ne s'effondre ni ne hurle. Elle éclate de rire.

– J'ai tiré à côté. Tu as trente secondes pour m'expliquer.

Mais déjà, des éclats de voix et des pas se font entendre dans le couloir. La porte du local s'ouvre d'un coup. C'est Erwan.

– Virginie, ça suffit. Je ne sais pas ce que tu t'es mis en tête mais ils n'ont rien à voir avec la Ligue. Je m'en porte garant. Laisse-les partir, on réglera ça plus tard.

Sans se laisser démonter, elle s'approche de moi et chuchote à mon oreille. Son ton est aussi doucereux que le riz au lait trop sucré que préparait ma grand-mère.

– La morale bourgeoise est morte et enterrée, le sens de l'histoire veut que les rebuts du vieux monde dans ton genre suivent le même chemin. Je t'aurai, n'aie aucun doute là-dessus !

Elle sort et nous laisse en état de choc. Erwan n'a plus rien du *cool guy* de Chez Gilberte. Il nous fait traverser les coulisses et la scène au pas de course pour nous ramener dehors. Les dernières lueurs du jour éclairent l'allée et c'est un miracle. J'ai visité l'enfer et j'en suis ressorti. Ce n'est pas passé loin, mais on est vivants, Tony et moi. En l'espace de trois jours, c'est la deuxième fois que nous regardons la mort en face. Peut-être que nous avons neuf vies comme les chats. Et qu'il va falloir songer à les économiser. Au bout de l'allée, de l'autre côté des grilles, j'aperçois la rue Isidore-Ducasse, autant dire le salut. Les gardes qui ont remplacé Bakary et son acolyte sont taciturnes et avachis. C'est tout juste s'ils parviennent à se redresser à l'approche de leur capitaine. À quelques mètres de nous, Virginie nous fixe froidement. Un frisson parcourt ma colonne. Elle se retourne et après un signe de tête à ses camarades, s'enfonce dans les profondeurs du QG wokiste, Erwan sur ses talons.

Même si c'est moi qui l'ai inventé, j'apprécierais quand même un coup de main du lieutenant Coulibaly.

3

La majorité des flics ayant quitté Paris pour les zones contrôlées par la Ligue, personne n'a pris la peine de poser des scellés sur la porte de Chez Gilberte. À quoi bon se lancer dans une enquête, de toute façon, vu que l'ensemble des assaillants ont été tués ou capturés ? Les wokistes n'ont ni le temps ni les moyens de collecter des empreintes ou des douilles. Tony sort sa clé, s'apprête à la rentrer dans la serrure puis se ravise.

– On va passer par l'immeuble, ça vaut mieux. La salle a été nettoyée mais il reste des taches, des impacts, enfin tu vois…

– Je vois, oui. Ou plutôt, je préfère ne pas voir. Pas tout de suite, en tout cas.

La porte cochère qui jouxte le café est curieusement intacte. Au sous-sol, en revanche, l'atmosphère est plus étrange : juste en face de la cave du restau, un trou assez grand pour laisser passer une personne a été creusé dans le mur. En ouvrant la porte, Tony m'explique

que depuis la guerre, des passages souterrains ont été aménagés entre les bâtiments mitoyens, histoire de pouvoir circuler tranquille. Je rentre à sa suite et me précipite vers ma place préférée ; le canapé défoncé. Il me sert un verre de Jack Daniel's et entreprend de rouler un joint à l'ancienne. Filtre en carton, feuille *king size*, *skunk* cultivée dans les caves du quartier de la Banane, tabac issu d'une Marlboro de contrebande éventrée ; un bon gros bédo à partager, pas une de ces vapoteuses, chacun la sienne, ou un de ces patchs au THC qui ont accompagné l'individualisation de la défonce au fur et à mesure des grandes épidémies des années 2020. La fumette, c'était mieux dans les années 1980. Je suis vraiment devenu un vieux con.

Le Sanctuaire ou la Caverne, c'est ainsi que nous avions pris l'habitude de nommer ce lieu protégé où nous nous retrouvions avec des habitués une fois le rideau de fer baissé. Tant de fois, nous avons refait le monde ici. Souvent, vers quatre ou cinq heures du matin, il ne restait plus que le noyau dur : Éminé, Tony, moi et Sarah qui, juchée sur son tabouret derrière le minibar, confectionnait des cocktails selon son inspiration. Nous étions les cobayes de sa « cellule de recherche et développement ». À côté de moi, Tony roulait. À l'extérieur, l'humanité s'embarquait chaque jour un peu plus dans sa dérive autodestructrice. Il y avait bien sûr la question du climat, qui poussait de plus en plus de jeunes écœurés par l'inaction de leurs gouvernements à se radicaliser. En Angleterre, un député climatosceptique avait été abattu d'une flèche empoisonnée tirée par une sarbacane alors qu'il paradait dans sa circonscription au volant d'une vieille Land Rover consommant dix-huit litres au cent. Qualifié d'écoterroriste par les uns, de Robin des Bois par les autres, le tireur avait échappé aux recherches. En France, où la sécheresse sévissait depuis des années, la guerre de l'eau avait pris des proportions inédites. Dans plusieurs régions, les coopératives agricoles avaient constitué des milices. Leurs retenues d'eau étaient illégales mais protégées par l'État. En janvier 2028, au barrage de Caussade, on avait assisté à une bataille rangée : gendarmes et agri-combattants d'un côté, écologistes armés de l'autre. Bilan : quinze morts chez les manifestants, deux dans le camp d'en face. Mais le plus inquiétant était ce qu'il se passait près de chez nous, en Île-de-France. Excédés par la répression des mouvements sociaux, les services d'ordre des syndicats de gauche avaient fini par s'armer. En face, la Ligue française récupérait des équipements dernier cri dans les arsenaux de la police et même de l'armée. Nous savions tout cela mais une fois terrés dans notre repaire, nous nous efforcions de l'oublier. Et pendant ces quelques heures de répit, l'espèce se réduisait à notre petit groupe, aucun mal ne pouvait nous atteindre.

Un soupir s'élève de ma poitrine, Tony me passe le joint avec un sourire triste. Depuis notre sortie de la Fourmi, nous avons peu parlé. Après s'être palpé patiemment pour vérifier qu'il n'avait ni côte cassée, ni organe atteint – ses trois années d'études de kiné lui auront au moins servi à ça – mon camarade d'infortune s'est occupé de l'alcool et des drogues.

Traverser le Styx, aller-retour. Qu'est-ce que tu fais d'une expérience pareille ? Cette fois – contrairement à l'attaque du bar où je me suis écroulé avant d'avoir pu voir les tueurs – la violence a un visage. Celui d'une jeune femme ordinaire que les circonstances ont amené à rencontrer sa vocation de tortionnaire. C'est cela qui me perturbe le plus. La banalité du mal, dieu sait si l'on nous en a rebattu les oreilles. Sauf que là, il ne s'agit plus d'un concept mais d'une personne réelle. Et le pire c'est que celui qu'elle faisait souffrir n'avait peut-être rien d'un ennemi. Une trotskiste récitant un fatras de citations de son maître à penser pour justifier ses penchants criminels et un ligueur psalmodiant le Coran : avec ces deux-là et en trois minutes, j'ai perdu toutes mes illusions ! Les dernières convictions auxquelles je tentais de m'accrocher sont en lambeaux. J'aurais tellement préféré continuer à pouvoir ranger les bourreaux d'un côté et les victimes de l'autre.

Encore une gorgée, encore une taffe. Emprisonner la fumée dans mes poumons, laisser errer mon regard dans les volutes. Quand j'avais vingt ans, mon meilleur ami, un matheux, se passionnait pour les fractales et la théorie du chaos. Il était persuadé que grâce à ces équations et aux ordinateurs quantiques, on pourrait un jour modéliser la fumée. Je ne comprenais rien aux détails du raisonnement mais j'adorais l'écouter en observant la manière sans cesse renouvelée dont le THC, la nicotine, le goudron et tous les composants de nos armes de défonce massive se déployaient dans l'atmosphère chargée de son studio d'étudiant. À l'époque, personne n'avait encore pensé à donner un nom à ce que nous faisions. « Aqua » pour aquarium, y'a pas à dire, c'est efficace, on voit tout de suite le concept. Les formes mystérieuses et changeantes du nuage de beuh qui envahit la demi-pénombre de la cave ont quelque chose à me dire. Le ligueur de tout à l'heure avait raison, la lumière naît de l'obscurité.

Je passe le joint à Tony et me remets machinalement à caresser le pendentif, toujours dans ma poche. Et si c'était ça, l'antidote ? Et si j'acceptais que cet objet ne se soit pas trouvé sur mon chemin par hasard. Au milieu du bordel, de l'anomie, de l'absurdité de la voie prise par le monde, le sens se doit de résider dans le hasard, dans la plus minuscule des choses. Dieu, l'univers, toutes ces grandes idées, je n'ai jamais su qu'en faire. Mais un Coran miniature, deux photos, un numéro de téléphone, ça me parle. Suffisamment en tout cas pour donner naissance à ce qu'il y a de plus profondément humain : une histoire.

J'ouvre le pendentif. Le bout de papier est toujours là : *A ♥ S*. Le genre d'inscriptions qui fleurit sur les murs, l'écorce des arbres ou les bancs publics. Qui donc peut bien se cacher derrière ces initiales ? Me voyant perplexe, Tony pose son verre et commence à énumérer tous les prénoms à consonance musulmane qui lui passent par la tête. Amina et Souleymane, Ahmed et Sofia, Aïcha et Sélim. Je l'écoute mais ça ne colle pas. Et soudain, une idée me vient. Elle est invraisemblable mais elle me plaît.

– Le ligueur, il s'appelle comment ?
– Arnaud...
– Et il nous a demandé de transmettre un message à ?
– Soraya, et alors ?
– A. aime S., comme dans Arnaud aime...
– Non mais t'es sérieux ?
– Je n'en sais rien. On pourrait appeler le numéro ?

Avant que Tony ait le temps de répondre, des coups frappés à la porte résonnent dans le brouillard qui obscurcit la pièce et l'intérieur de nos crânes. Une voix nous parvient, étouffée mais reconnaissable.

– Allez, les gars, ouvrez-moi, je sais que vous êtes là !

Erwan. Erwan le loser, Erwan le relou. Erwan le sauveur. Tony lui ouvre et il attaque bille en tête.

– Mais qu'est-ce que vous branlez ? Vous n'avez rien pigé, en fait ?

Fermer les yeux, respirer lentement, quoi qu'il dise, laisser pisser. Ouvrir les yeux.

– Eh ben Kamel, on roupille ? Tu traverses la rue, tu viens foutre la merde dans mon QG, tu manques te faire tuer et puis tu retraverses la rue et tu te rendors, pépère. C'est ça l'idée ? Tu te rends compte du bordel que t'as foutu, ou pas ? Parler en arabe avec un prisonnier pendant le tour de garde de Virginie Fortin, *wallah*, c'était l'idée du siècle !

– Je ne lui ai pas parlé en arabe, c'était le Coran.

– Mais on s'en fout Kamel, de ce que c'était, tu piges pas ? Tu l'as vue, Virginie, non ? Elle est pas là pour rigoler. Elle a perdu un proche dans l'attaque. Moi, j'avais des potes au checkpoint Belleville – Isidore-Ducasse, des camarades, elle, c'était…

– … Son frère, elle nous l'a dit.

– Ils s'étaient engagés ensemble pour défendre leur territoire, ils sont d'un peu plus haut, du côté de Saint-Fargeau. Le combat anti-fasciste, c'était toute leur vie. Jusqu'à l'attaque, je trouvais ça fantastique mais là, elle a vrillé. Alors, si un civil débarque de nulle part pour taper la discute en arabe ou dans n'importe quelle langue qu'elle ne comprend pas, et elle n'en comprend aucune autre que le français, elle pense « infiltré ». Elle se demande si le gus en question n'est pas celui qui a donné aux ligueurs les coordonnées du checkpoint où son frère adoré s'est pris une grenade balancée d'un drone. Voilà ce qu'elle se dit, Virginie. J'ai réussi à l'éloigner pour la nuit en lui demandant d'aller remplacer un gars malade sur un barrage à porte des Lilas, mais elle sera de retour dans la matinée et là, je ne pourrai rien faire pour l'empêcher de venir s'en prendre à vous. Elle est protégée, tu comprends.

– Protégée ?

– Oui, au plus haut niveau. Son mec, c'est… Non mais laisse tomber, je ne devrais pas te parler de ça.

Son débit ralentit. Il se calme doucement.

– Je peux t'expliquer ce qui s'est passé ?
– Je ne vois pas trop ce que ça va changer, mais vas-y.
– Tu sais pourquoi on est descendus ?
– Vous êtes descendus au zoo pour voir les tueurs.

Face à notre air incrédule, Erwan s'interrompt et nous explique qu'ils ont baptisé « zoo » le quartier des prisonniers, « vu comment ça sent le fauve ».

– Vous aviez besoin de les avoir sous le nez, ces salopards. Ils ont tué Éminé et Sarah et ils vous ont laissés vivre. Il n'y a rien à comprendre là-dedans. Elles sont mortes, à nous de nous démerder avec notre douleur. Et je peux vous garantir que torturer ces bâtards ne soulage rien du tout.

Un silence tombe sur la pièce. Soudain gêné, Erwan coupe court.

– Dis-donc, vous vous êtes fait un vrai aqua ici. C'est plus de ton âge, mais je capte le concept. Descendre à la cave, faire comme si la grande époque du Sanctuaire pouvait revenir… On rêvait tous de faire partie du premier cercle, tu sais. Et encore, j'ai pas à me plaindre, grâce à Éminé, j'ai pu en profiter. J'étais tellement fier ces nuits-là. Mais le reste du temps, quand elle était en reportage, j'étais rétrogradé au rang des mecs de base. Vous en aviez marre de m'entendre répéter toujours les mêmes souvenirs de compète, je ne peux pas vous le reprocher, remarque. À force, je me fatiguais moi-même. La seule qui comptait, c'était Éminé. Alors, je m'en foutais que vous me preniez de haut, car je l'avais, elle. Mais quand même, des fois, ça faisait mal. Vous vous rappelez la fois où vous avez essayé de nous perdre dans le quartier, Ousmane, Momo et moi ? Vous nous aviez raconté un mytho sur une soirée privée où vous étiez invités dans le 20e et où vous ne pouviez ramener personne. On vous a suivis jusqu'à la Banane avant de lâcher l'affaire. Un quart d'heure plus tard, on s'en roulait un dernier devant la Fourmi quand on vous a vus revenir. Momo était tellement vénère ! Il voulait vous régler votre compte. Heureusement, Ousmane l'a calmé, il nous a entraînés au Leupaleup, il sortait avec la serveuse. Elle a à demi soulevé le rideau de fer pour nous laisser entrer et on a partagé le repas de fin de service avec elle, Mimi, la patronne, et Babacar, le cuistot. Son *thieb*, vous le connaissez : inoubliable ! Pour couronner le tout, on a eu droit à une tournée de Flag. Alors, vous voyez, grâce à votre snobisme à la con, j'ai fini par passer une super soirée. Au final, je ne vous en veux même pas.

Je me souviens bien de cette histoire. En novembre 2025, Éminé était partie couvrir la COP30 à Belém, celle qui s'est achevée en affrontements armés entre les miliciens de Morte Aos Climatistas (un groupe financé par l'agrobusiness local, qui se vantait d'avoir assassiné en une année quinze militants du climat et autres « racailles indigénistes »), et les écologistes radicaux de Battalion of Gaia. Encore une fois, elle avait eu le nez creux, même s'il ne fallait pas être devin pour imaginer qu'une conférence internationale sur le climat à l'orée de la forêt amazonienne ne pouvait que dégénérer. Les propriétaires des énormes élevages de la région n'allaient pas laisser « une bande de scientifiques et de vegans venus des quatre coins de la planète » les empêcher de déforester comme ils l'entendaient. Quant aux plus extrémistes des militants du climat, lassés d'assister année après année à ces grandes messes qui accouchaient de déclarations oubliées aussitôt prononcées, ils avaient décidé de passer à la lutte armée. Alors qu'à sept mille cinq cents kilomètres de là, son amoureuse photographiait les combats qui éclataient dans les faubourgs de la ville pendant la cérémonie d'ouverture qui se déroulait sur le site hypersécurisé de l'université fédérale du Pará, Erwan arrivait Chez Gilberte. Il était 19 heures à Belém, 23 heures à Paris et son état pouvait déjà être qualifié d'avancé. Avec Ousmane et Momo, ils avaient continué à boire des bières et à sortir fumer des bédos sur le trottoir jusqu'à ce qu'à 1 heure du matin Sarah et Tony décident de fermer en nous faisant comprendre que si nous étions partants pour un after, il fallait d'abord semer les autres. Rien de personnel là-dedans, Ousmane, notamment, n'aurait pas posé de problèmes, mais Erwan et Momo dégageaient une mauvaise énergie. Quel est l'intérêt de fermer le rideau si tu dois continuer à gérer les relous ? Sur le coup, on était contents de nous en être débarrassés.

– Au fait, tu veux boire quelque chose, fumer ?

– Merci, Tony, je suis sobre maintenant. C'est la merde, je sais pas si tu te souviens, et depuis que Nacéra m'a nommé capitaine, j'ai des responsabilités. Ni alcool ni substances pendant le service. Et quand t'es sur la ligne de front, parce qu'on est sur la ligne de front, ça ne vous a pas échappé, le service, c'est tout le temps.

Il est inutile de lui dire que oui, connard, j'ai bien remarqué qu'on était sur la ligne de front au moment où le cadavre de ma meilleure amie, tu sais, celle qui t'honorait de ses faveurs et écoutait tes jérémiades, s'est effondrée sur moi. Le moment est venu de laisser durer le silence, d'absorber la violence. Erwan s'assied sur la banquette en soupirant.

– Jusqu'à ce que je rencontre Éminé, je ne m'étais jamais intéressé à la politique. Elle n'a pas essayé de me convaincre de quoi que ce soit, mais elle avait sa manière de raconter les choses. Elle se préoccupait toujours des petits, ceux qui s'en prennent plein la gueule pour pas un rond. À force, ça a dû laisser une trace. Et puis, il y a eu Nacéra.

Nacéra et Erwan. Je me souviens de leurs conversations au bar, quand elle bossait encore chez InGirum. Parfois, c'était comme s'ils parlaient une langue étrangère. Une seule chose était claire : l'unique sujet qui les rassemblait, c'était les jeux vidéos, guerriers, le plus souvent.

– Nacéra ? Vous vous connaissez depuis des années, et je ne vous ai jamais entendus parler de politique.

– Ça t'étonne, hein ! Cette meuf a toutes les qualités qu'il faut pour gagner à *Counter-Strike* ou à *Call of Duty* : stratégie, tactique, empathie. Être capable, en une fraction de seconde, d'anticiper les réactions de tes adversaires comme celles de tes camarades, savoir bluffer, avoir l'esprit de sacrifice et se montrer impitoyable quand il le faut. J'ai travaillé pour sa boîte. À chaque fois qu'elle développait un nouveau jeu, elle me le faisait tester, elle me demandait mon avis, on jouait en ligne. Quand elle s'est fait virer, j'ai cessé de bosser pour ces bâtards. Ça l'a touchée, on est restés en contact. Elle m'envoyait des articles, des vidéos sur des grèves, des révoltes. Elle me disait qu'en France aussi, quelque chose allait se passer, sans que j'y fasse vraiment attention. Quatre jours après le 6 février, elle m'a fait savoir qu'elle était de retour et m'a donné rendez-vous *backstage* au grand rassemblement à Répu. Avec son treillis et son foulard rouge, elle était transfigurée, et quand elle s'est mise à parler, il s'est passé quelque chose. Sa voix, c'était comme si je ne l'avais jamais entendue. C'était mystique, vous voyez. Elle a parlé de la société, de l'injustice, du monde de demain. De l'espoir et du mal. Elle donnait un sens à ce qu'on vivait depuis que les fachos s'étaient attaqués à l'Assemblée. Quand elle est descendue de scène, elle m'a demandé si j'étais prêt à la rejoindre. J'ai dit oui tout de suite. Après deux semaines d'entraînement au fort d'Aubervilliers, j'étais opérationnel. Les plans de défense de la Fourmi, c'est moi qui les ai conçus, à partir d'une tactique que j'avais élaborée sur *Insurgency*. Quand les ligueurs ont attaqué, j'étais sur place. J'ai pris le commandement des opérations. On les a repoussés et je me suis retrouvé capitaine, comme à l'époque où j'étais champion. À un détail près : comme elle l'a dit dans son discours d'hier, « les balles sont réelles. »

Erwan sort son téléphone et lance une vidéo. Un diptyque parfaitement cadré. À gauche, on voit la sous-commandante de trois quarts dos entourée par une foule occupant tout le belvédère qui domine le parc de Belleville, ses pelouses étagées, ses treilles en arceau, ses arbres et ses fougères. Certains sont posés sur les gradins, d'autres l'observent depuis la terrasse qui la surplombe et que n'importe quel politicien aurait choisi pour s'adresser à son peuple. Mais pas Nacéra. Elle se veut une parmi tant d'autres, c'est sa marque de fabrique. À aucun moment les enfants sur les épaules de leurs parents ou les vieux assis sur un banc ne doivent avoir le sentiment qu'elle les prend de haut. Ses gestes sont amples, généreux, parfois, elle pointe d'un doigt accusateur la tour Eiffel qui devient le symbole de ce qu'elle combat : l'injustice, la bourgeoisie, le racisme, le masculinisme, et l'assassinat méthodique de la planète par une classe possédante si égoïste qu'elle se moque de la survie de ses propres enfants. À droite, elle apparaît de face cadrée au-dessus de la poitrine. Avec son visage bien dessiné, son nez droit, son regard tranchant, ses lèvres pleines, on dirait qu'elle a traversé les siècles pour incarner à son tour l'immémorial archétype de la rebelle kabyle. Vous avez aimé Al Kahina et Lalla Fatma N'Soumer, vous allez adorer la sous-commandante Nacéra. Elle possède un avantage sur ses devancières : ses discours sont sur YouTube.

Hier, je n'ai pas eu la force d'écouter sa prise de parole. Erwan ne me laisse pas y échapper. « Il est temps de redonner vie à ce beau mot de *camarades* ! Au siècle dernier, le communisme a déçu et nos ennemis en ont profité pour détruire l'idée même d'espérance. Ils ont voulu nous faire croire que les humains n'étaient mus que par leurs intérêts immédiats. Que le partage était l'ennemi de la liberté. Mais eux sont les ennemis de la vie. Il y a deux jours, ils sont venus jusqu'ici pour nous tirer comme des lapins. Vous le savez, avant de me décider à combattre enfin ce système, j'ai longtemps fabriqué des jeux vidéo, des jeux de guerre. Pour faire mon apprentissage, j'ai parcouru les révolutions en cours sur la planète, de l'Amérique du Sud au Moyen-Orient en passant par l'Afrique. Ma première leçon, la plus dure, celle que je n'oublierai jamais, c'est que les balles sont réelles et que les morts ne se relèvent pas. C'est aussi vrai ici qu'à Idlib ou Bobo-Dioulasso. Aussi vrai pour les civils que pour les combattants. Les victimes du 15 mai sont là pour le prouver. Des athées, des musulmans pratiquants, des institutrices. Dans leur beauté, dans leur variété, dans leur dignité sans égal, iels incarnaient ce que ce pays a de meilleur. Pour leur mémoire, nous allons continuer à nous battre. »

Nacéra se tait, le public est captif, son regard parcourt la foule, s'arrêtant ici et là, avant de lancer d'une voix forte : « Prêts pour la révolution ! » À l'unisson, tout le monde lui répond : « Prêts pour le partage ! » Elle conclut sobrement « Merci camarades ».

Nacéra a raison, les morts ne se relèvent pas. Ni Erwan ni moi n'entendrons plus le rire communicatif d'Éminé. Cette insondable douleur nous oblige à enterrer nos querelles. Sans un mot, Tony se remet à rouler. Le joint tourne, et cette fois, le capitaine tire une latte. Nous habitons le silence jusqu'à ce que la forme d'un visage se dessine. Reconnaissable entre toutes, c'est Éminé et son regard ironique, sa mèche folle et sa cicatrice à la lèvre supérieure, souvenir d'un accident de moto sur une piste reculée de Casamance. Les secondes passent, et la vision se clarifie. Tony et Erwan se figent, leurs doigts se tendent vers le fantôme. Nous nous dévisageons, incrédules, et prononçons en même temps le nom de la disparue.

– Même après la mort, elle ne lâche pas l'affaire. Ça lui ressemble bien. C'est pour elle que je suis venu, elle ne m'aurait jamais pardonné de vous laisser en danger. Votre visite au zoo va déclencher un enchaînement démentiel, j'en suis sûr. On va essayer de trouver une solution mais avant tout, j'ai une question. Kamel, le ligueur, tu le connais d'où ? C'est quoi cette histoire de récitation coranique ? Quand elle m'a appelé, Virginie était à deux doigts de te mettre aux arrêts. J'ai réussi à la calmer sur le moment mais il faut que je rende des comptes.

– Je ne l'avais jamais vu de ma vie, je te le jure. Tu sais, ma femme est morte à la Fourmi, alors quand j'ai traversé la scène, ça m'a fait tout drôle. Et devant l'état des prisonniers, j'ai chuchoté la *chahada*, je fais ça quand je stresse. En entendant le ligueur m'imiter, je n'en revenais pas, ses copains non plus, ils l'ont pris pour un traître.

– Admettons. Le problème, c'est que pour Virginie, il n'y a aucun doute que vous êtes des infiltrés en mission. Tu es un agent de la Ligue, Tony est ton complice. Je ne sais pas combien de temps je vais pouvoir la retenir. Vous n'avez pas d'endroit où aller, histoire de laisser les choses se tasser ?

– C'est absurde. Ses potes ligueurs pensent qu'Arnaud est un traître, Fortin pense que j'en suis un. Tout cela ne peut pas être vrai en même temps ! Et puis, Nacéra est ton amie, c'est elle, la boss, non ?

Erwan jette un coup d'œil à son écran et se retourne vers moi.

– Je dois filer. Au risque de me répéter, vous devez comprendre que nous sommes en guerre. La plupart des gens réfléchissent avec leurs tripes, plus avec leur cerveau. La situation est très délicate. Dans les instances dirigeantes des ewoks, tout le monde n'apprécie pas l'ascension fulgurante de Nacéra. Une affaire comme la tienne pourrait suffire à la faire chuter et moi avec. On se croise tous au bar depuis des années, si quelqu'un fait fuiter l'info sur les réseaux, je donne dix minutes aux *haters* pour créer un faux complot. *Les conjurés de Chez Gilberte*, je vois d'ici le *shitstorm*. Alors, même si Nacéra vous aime bien, Tony et toi, elle ne sera pas prête à se sacrifier pour vous. La révolution est plus importante que nos petites existences. Merci pour le bédo, ne bougez pas d'ici pour l'instant. Tony, vous prendrez ta camionnette, je vous indiquerai par où sortir. Dans un souci de discrétion, on va faire ça avant le lever du soleil.

Perplexe, je le suis des yeux et, avec quelques secondes de retard, le sens des mots me parvient.

– Attends, tu peux répéter ? On doit faire quoi, au juste, avant le lever du soleil ?

Il grimpe deux marches, se retourne et me jette un regard plein de commisération.

– Partir, décarrer, fuir, sauver ta peau. Ça te semble assez clair ou tu veux que je te fasse un dessin ?

Une lourdeur s'installe dans ma poitrine. Dans quelques heures, je devrai quitter ce quartier où j'ai vécu toute ma vie d'adulte. Ce petit coin de Paris, c'est mon village. Je connais chaque rue, chaque passage, chaque recoin. Les vieux habitants comme les nouveaux arrivants. Les restaus, les bistrots, les bancs et les stations Vélib. Je n'ai rien d'un aventurier et depuis que j'habite ici, c'est la première fois que je pars sans savoir où ni pour combien de temps. En cherchant du regard la bouteille de Jack, je retombe sur le bout de papier du pendentif. Au lieu de me servir un verre, je me mets à réfléchir. Je ne sais pas pourquoi mais l'idée ne me quitte pas : cet enchaînement a un sens. Et si le milicien torturé m'avait chargé d'une mission sacrée ? Quoi qu'en pense Tony, j'en suis sûr à présent : Arnaud aime Soraya. J'ai envie d'appeler le numéro. Je tends la main vers mon téléphone mais Tony interrompt mon geste.

– Attends. Ce n'est pas le moment de se faire repérer. Laisse-moi faire.

Il déplie son écran, ouvre une appli et tape le numéro avant d'appuyer sur *Send*.

– Ça fonctionne comme un VPN, si quelqu'un intercepte la communication, il croira que tu appelles de Sidney, Kuala Lumpur ou Romorantin. Aucun moyen de remonter jusqu'à nous.

4

– Arnaud ?

Même pas un « Allô ». La voix d'une femme inquiète.

– Arnaud, c'est toi ?

Je ne suis pas celui qu'elle veut entendre. Je n'ai que des mauvaises nouvelles à lui apprendre.

Elle se tait, moi aussi. Juste sa respiration et la mienne. Étrange intimité qui donne naissance à des images. Je me la représente assise sur un tabouret dans une chambre obscure, un téléphone à clapet de couleur mauve appuyé contre l'oreille droite. Elle va pour dire quelque chose puis se ravise. Même si je ne suis pas prêt, même si c'est pour dire n'importe quoi, je dois parler. Établir le contact, créer un lien.

– Je suis désolé, croyez-le bien, mais je n'aurais pas composé ce numéro si ce n'était pas important. Il s'est passé quelque chose et j'ai besoin de comprendre. Ce numéro, c'est mon seul indice, vous voyez. Le seul.

Coulibaly aurait honte de me voir à ce point foireux. Dis ce que t'as à dire, mec. N'augmente pas le coefficient de bordel.

– Qui êtes-vous ? Vous avez bu ?

– Arnaud, je l'ai vu. J'ai un message de sa part. Je dois juste être sûr de le transmettre à la bonne personne. Vous êtes bien Soraya ?

– Vous êtes de la Ligue, c'est ça ?

– Je ne vous veux aucun mal et je n'appartiens à aucune milice. J'ai juste besoin que vous me disiez votre nom. C'est important.

– Pourquoi devrais-je vous faire confiance ?

– Parce que si vous m'expliquez pourquoi un ligueur qui a participé à une attaque contre le QG des islamo-wokistes récite la *chahada* et la *fatiha*, on pourra peut-être essayer de faire quelque chose pour lui.

Tony est furieux, ses pensées se lisent sur son visage. *Qu'est-ce qui te prend ? Ce type appartenait à un commando de tueurs, pourquoi devrions-nous le sauver ? Et même s'il est innocent, comment peux-tu rêver faire quoi que ce soit pour lui quand nos propres vies sont menacées par ceux qui le retiennent prisonnier ?* Il a raison mais les mots sortent tout seuls. Mon interlocutrice réprime un sanglot.

– La *chaha* quoi ? Je ne comprends rien à ce que vous racontez.

– Il m'a donné un message pour vous. Mais pour que je vous le transmette, vous devez me confirmer que vous êtes bien Soraya.

– Comment avez-vous eu ce numéro ?

– Vous êtes au courant de l'attaque dans le 11e arrondissement, il y a trois jours ?

– Comme tout le monde.

– Cet après-midi, juste à côté du bar visé par les assaillants, j'ai trouvé un pendentif en forme de Coran qui contenait la photo d'une femme, celle d'un bébé et ce numéro.

Le silence, à nouveau. Elle n'a aucune idée de qui je peux être et de ce qu'elle peut me dire sans nuire à Arnaud ou se mettre en danger. C'est à moi de parler.

– Ne dites rien, écoutez-moi, c'est tout. Je m'appelle Kamel. Suite à un enchaînement de circonstances un peu trop long à expliquer, avec mon ami Tony qui vous écoute également et qui pense que je suis fou de vous raconter tout ça, nous avons vu votre compagnon. Je vais vous répéter mot pour mot le message qu'il m'a confié : « Soraya je n'ai pas voulu ça et je n'ai tiré sur personne. Je vous en prie. Pour elle, pour Ilyas et pour votre salut, dites-le lui. La lumière naît de l'obscurité. »

Sa respiration s'accélère. Comment me faire confiance, comme ça, au téléphone ?

– Soraya, je ne vais pas vous mentir. Il est prisonnier, il a été torturé, il ne voit pas par quel miracle il pourrait s'en sortir. Mais si vous me dites qui il est et comment il s'est retrouvé là, nous pourrons peut-être tenter quelque chose. J'insiste sur le « peut-être ».

Tony se lève et se ressert un verre de Jack en secouant la tête. Dans un lieu inconnu, la femme que je pense être Soraya soupire.

– Je ne sais ni qui vous êtes, ni à qui vous croyez parler, ni ce que vous pensez savoir de cette histoire, et je vais devoir mettre fin à cette conversation. Je dois juste vous dire que si vous avez le pouvoir de faire quelque chose pour Arnaud, faites-le. Il… Je ne peux pas vous dire à quel point je…

Sa voix se noue. Elle raccroche. C'est elle. Dans quel guêpier est-ce que je suis allé me fourrer ? Mon métier, c'est de mettre en danger des personnages fictifs, pas de me jeter moi-même dans l'arène ! Si je me sors de ce micmac, promis, je me mets à écrire des histoires vraies. Je range dans mon portefeuille le numéro de téléphone. Debout derrière le comptoir, un sourire ironique aux lèvres, Tony fait tourner son sky dans un élégant verre strié *made in Japan*.

– Ça fait quinze ans que je te connais et jamais je ne t'aurais imaginé aussi aventureux. Je respecte, hein, crois pas. Mais j'ai juste une question : tu te rends compte qu'on est dans la merde ? À quel moment tu penses que l'on est en mesure de sauver qui que ce soit, et a fortiori un combattant ennemi qui n'est même pas en état de marcher ?

– Je ne te demande pas de m'aider. Au contraire, même.

– Ah, parce que tu penses que tu pourras y arriver tout seul ?

– Avec ou sans aide, je n'y arriverai sans doute pas, mais je vais essayer.

– Je commence à comprendre pourquoi tu t'es fait attraper par cette histoire. Arnaud le facho et Soraya, son amoureuse arabe cachée. Une comédie romantique ! Quand on était ados avec Daphné et que tu n'étais pas là, on volait le scénario d'un épisode de *Sex on the beach* qui traînait sur ton bureau, on l'ouvrait au hasard et on interprétait la scène. J'étais Martin, le fils du marchand de glaces de La Baule, Daphné était Isabelle, la grande bourgeoise en vacances dans la villa familiale, qui craquait sur lui. C'est comme ça qu'on s'est embrassés la première fois. Oui, je sais, c'est tordu, et ta fille me tuerait si elle savait que je t'ai raconté ça mais je t'avouerais qu'aujourd'hui, c'est le cadet de mes soucis. On est dans la vraie vie, là, Kamel. Alors, quel que soit le potentiel narratif de leur histoire, on va oublier les amours impossibles d'Arnaud et Soraya et s'occuper de sauver notre peau. Dans quelques heures, Erwan va débarquer, on va prendre la camionnette et mettre autant de kilomètres que possible entre la milicienne dingue et nous. Donc, on va étudier la carte et trouver le meilleur itinéraire pour rejoindre Chartres. Quand on s'est parlé au téléphone le jour de l'attaque, Daphné m'a fait promettre de te ramener à elle sain et sauf, et depuis elle me le rappelle trois fois par jour. C'est exactement ce que je vais faire.

– Tu sais comment joindre Bakary ?

– Bakary, comment ça, Bakary ?

– Écoute, Tony, tu as trente ans, j'en ai presque le double, je ne te demande pas de te sacrifier pour mes lubies. Ma fille t'a quitté pour la Californie, elle est revenue mais ce n'était ni pour toi, ni pour moi, ni pour Sarah. Elle est maquée avec une députée d'Égalité, je ne sais pas si tu te souviens ? Alors fais tes choix sans te préoccuper des siens. Pour moi, les choses sont simples : jamais je n'aurais dû survivre à cette attaque. J'ai obtenu un sursis, il faut bien que j'en fasse quelque chose si je ne veux pas devenir dingue. Ramener Arnaud à sa femme et à son fils, c'est ce dont j'ai besoin pour donner un sens à tout ça. Je crois qu'il n'a tué personne. Donne-moi le numéro de Bakary. Ensuite, je disparaîtrai dans la nuit et tu attendras Erwan.

Tony rit, doucement d'abord puis de plus en plus bruyamment. Un véritable fou rire. Il évacue, faut croire. Le stress, le mal, la mort. Assis dans le canapé, j'attends qu'il se calme. Le temps presse, j'ai une évasion à organiser, et aucune compétence dans ce domaine. Le seul espoir qui me reste s'appelle Bakary. Un jeune homme qui aime Victor Hugo et William Gibson ne peut qu'être du côté de l'humain. Je commence à déraper sur la pente glissante des pensées mielleuses, mais la voix de Tony me ramène au réel.

– Kamel, quand je t'ai connu, j'avais quinze ans et depuis ce jour, j'ai passé plus de temps avec toi qu'avec mes darons. Au moment où ta fille m'a laissé tomber, c'est toi qui m'as récupéré. Quoi qu'il arrive, je ne te lâcherai pas. Quant à Bak, on s'échange des messages depuis notre sortie de la Fourmi. Il s'en veut à mort de nous avoir laissés descendre avec Fortin. Il savait qu'elle était bizarre mais n'aurait jamais imaginé qu'elle avait vrillé à ce point-là. Je lui ai expliqué que tu voulais sauver ce ligueur qui récitait des bouts du Coran. Ça l'a troublé, il m'a dit qu'il allait se renseigner sur la question. Dans tous les cas, il fera le maximum pour nous aider.

Le téléphone de Tony vibre.

– C'est lui. Il arrive par les sous-sols.

Trois minutes plus tard, la porte par laquelle nous sommes arrivés s'ouvre, laissant apparaître Bakary. C'est vraiment pratique, ce mode de déplacement souterrain.

– Monsieur Kassim, on ne se quitte plus aujourd'hui !

– On dirait.

– J'étais avec Lassana et les moussistes. J'ai du nouveau. Leur position est claire. Du moment que le milicien a récité la *chahada*, c'est *haram* de le torturer. Même s'il est venu ici avec les ligueurs, il doit être traité comme un musulman. On doit chercher à en savoir plus avant de décider ce que l'on doit faire de lui mais de toute façon, on ne va pas le laisser pourrir avec les autres.

– Nous aussi on a du nouveau.

Tony attrape le pendentif qui traîne sur le comptoir et le passe à Bakary, qui l'ouvre.

– Perso, je ne suis ni croyant ni athée mais il y a des coïncidences troublantes, je pense que les amis de ton frangin pourraient appeler ça des signes. Mais ça, tu le sais déjà. Entre-temps, on a réussi à confirmer que les deux photos que tu vois sont celle de sa femme et sans doute de son fils. Elle s'appelle Soraya, elle nous a demandé de le sauver et on a compris qu'entre eux, c'est du sérieux. Ils ont même fait le *hlel* avant qu'elle tombe enceinte.

Le *hlel*, le mariage religieux musulman. Depuis des décennies, dans bien des quartiers de France, c'est ainsi que les jeunes se marient. Nul besoin d'aller à la mairie ou même à la mosquée. Il suffit de rassembler deux témoins musulmans de sexe masculin, de réciter la *fatiha*, et le tour est joué. Idéalement, le père de la mariée honore la cérémonie de sa présence. Mais s'il est opposé au mariage ou tout simplement absent, on peut toujours, par un tour de passe-passe, nommer l'un des deux témoins tuteur de la femme. C'est ainsi qu'une loi religieuse légèrement détournée a permis à des couples de se former sans avoir le sentiment de vivre dans le péché. Comme tous les jeunes musulmans de France, Bakary le sait très bien et en inventant ce détail criant de vérité, Tony vient de le faire basculer dans l'histoire aussi vite qu'il y a basculé lui-même. Dieu, l'amour, la mort, rien que ça. Bak est ferré.

– Je vais parler à Lassana. Tu as raison, il y a des signes. Les moussistes seront obligés d'agir.

– Il faut que ça se passe cette nuit. Comme je te l'ai écrit tout à l'heure, Erwan est passé nous voir, on est en danger. Virginie Fortin…

– Je sais, elle est protégée au plus haut niveau chez les ewoks, ni mon frère, ni même Nacéra ne peuvent rien contre elle. Je vais voir ce que je peux faire. Ça dépend qui est de garde. Laissez-moi une demi-heure.

Il sort. Tony se baisse derrière le bar.

– Mon kit de survie. Pansements, ibuprofène, Hexomédine, CBD, THC, café lyophilisé, Lamaline, Lexomil,

Lipton Yellow et deux ou trois autres trucs. Avec ça, on aura de quoi tenir un certain temps.

– Attend, il faut que je repasse chez moi, j'ai besoin d'habits, de mon passeport…

– C'est mort. Si jamais Fortin envoie des potes faire une descente chez toi, tu es foutu. Les habits, on en trouvera, quant à nos identités, elles sont cramées, on va les laisser derrière nous comme de vieilles défroques, s'évanouir dans la nature. J'ai déjà un set de faux papiers, on s'occupera des tiens dès qu'on sera à l'abri.

– Tu as des idées ?

– Plusieurs possibilités. Tout dépendra de la route. La bonne nouvelle, c'est que les batteries de la camionnette sont chargées à bloc et que j'en ai de rechange. On a trois cents kilomètres d'autonomie, au minimum. Dans une demi-heure, on ferme tout et on rejoint Bakary au QG des moussistes. On va passer par les caves aussi. Paris underground comme tu ne l'as jamais vu.

5

Lassana ne veut rien entendre. Je suis trop vieux. Il va m'arriver un truc, je vais faire une connerie, me prendre les pieds dans un câble, éternuer, faire capoter l'opération. Il évite de croiser mon regard, pour tenter de rester inflexible face au daron de sa copine d'école ; je le comprends.

Du CM2 à la troisième, Daphné ramenait Lassana tous les jours à la maison après les cours. Pour faire face à l'appétit dévorant de son meilleur pote, j'avais acheté un gaufrier électrique semi-professionnel, le meilleur investissement que j'aie jamais effectué. Préparer le chocolat chaud et les gaufres au Nutella, siroter un thé vert adossé au comptoir en regardant ma fille et son camarade se régaler, c'était le meilleur moment de ma journée. La plupart du temps, ils m'oubliaient mais parfois, Lassana se tournait vers moi pour me poser une question incongrue. Daphné ne s'y risquait pas, elle connaissait trop ma propension à truffer mes réponses de parenthèses et de digressions, au point qu'une simple interrogation sur la langue bizarre qui figurait à côté du français sur les paquets de céréales s'achevait en conférence sur la question linguistique en Belgique et la division entre catholiques et protestants au sein du monde néerlandophone. Avec son ami, je m'efforçais de répondre de manière plus concise et intelligible à leur questionnement, qu'il s'agisse de dieu, du terrorisme ou du surimi. Mes efforts avaient porté et au bout d'un an ou deux, on était passés de « Eh, m'sieur, c'est vrai que… » à « Dis, Kamel, tu trouves ça normal que… » Cette évolution avait représenté pour moi un accomplissement qui s'était vite teinté de nostalgie. Les algorithmes avaient envoyé Lassana dans un lycée, Daphné dans un autre. Le duo avait vécu, les goûters aussi, et depuis la fin de cette époque, plus jamais je n'ai été habité par la sensation de plénitude qui me faisait oublier, l'espace d'une demi-heure, que j'étais un veuf inconsolé astreint à imaginer, qu'il pleuve ou qu'il vente, les aventures sentimentales d'une poignée de Parisiens superficiels en vacances à La Baule, et que Daphné allait grandir et prendre son envol.

Moi aussi, j'ai du mal à croiser le regard de Lassana. On est ici chez lui, dans le quartier général des moussistes. Alors, plutôt que de plaider ma cause auprès de lui, Lassana Cissokho, capitaine du bataillon Thomas-Sankara de la brigade Mansa-Moussa, je laisse Bakary attendrir son grand frère. Il lui explique que je suis celui qui a vu les signes. Il est de mon devoir de faire partie de l'expédition. C'est ainsi, c'est écrit. Dans une époque comme la nôtre, on ne peut laisser passer la moindre occasion de produire du sens. Aucune tâche, en vérité, n'est plus urgente.

Bakary sait. Il est du côté de l'immanence.

Il répète à Lassana que sans moi, nous n'aurions jamais connu la vérité sur Arnaud, qu'un musulman potentiellement innocent va mourir sous la torture. À bout de patience, le capitaine lui demande s'il a réfléchi une seconde aux conséquences possibles de cette expédition.

Même si, au niveau du commandement, les relations sont bonnes entre les deux milices, la base ne suit pas toujours. Il y a quelques semaines, un ewok bourré a pissé contre le mur de la mosquée, ce qui a déclenché une bagarre généralisée. Erwan a fait mettre le fauteur de troubles aux arrêts, une punition qui a déplu à Fortin et à d'autres de leurs camarades. Depuis l'attaque de leur QG, les choses se sont tassées mais cela pourrait dégénérer à tout moment. Bakary lui-même risque gros. Il fait partie d'une faction et son frangin est capitaine de l'autre, tant que tout va bien, ce n'est pas grave, mais si ça tourne au vinaigre… Lassana termine sa tirade en disant que rien ne prouve que ce ligueur appartient à l'oumma et que s'il mourait, tout serait plus simple pour tout le monde. Au moment où il prononce ces mots, un milicien adossé au mur du fond le fixe en tchipant, un autre, visage fermé, siffle « *Starfoullah* », Que Dieu me pardonne, un troisième prend la parole : « Il y a des signes, on ne peut pas ignorer les signes. » L'air s'épaissit soudain.

La brigade Mansa-Moussa doit son nom au plus puissant des empereurs du Mali au Moyen Âge. Richissime, il avait impressionné tous les observateurs par sa générosité et sa sagesse lors de son pèlerinage à La Mecque. Il symbolise un âge d'or, une époque où, avec ses mosquées et son université islamique, une ville comme Tombouctou rayonnait d'un bout à l'autre du monde musulman et jusqu'en Europe. Pour retrouver leur fierté, les Afrodescendants n'ont nul besoin de s'inventer un pays imaginaire comme le Wakanda, ils doivent juste apprendre leur histoire. Influencés à des degrés divers par l'islam confrérique soufi, le rastafarisme et l'afrocentrisme, les combattants moussistes sont tous profondément croyants. Lassana, le rationaliste sankariste ne fait pas le poids face à la foi sincère de ses miliciens. Il doit admettre sa défaite. Pour garder la face, il se tourne vers moi, et entreprend de me donner des instructions relatives à l'obéissance et à la sécurité, mais je n'arrive pas à le prendre au sérieux, car, à sa place, c'est le jeune garçon de l'école élémentaire de l'avenue Parmentier, que je vois. Le souvenir qui me revient est très précis. Il se situe le jour de la fête de fin de CM2.

Après les récitations de poésie et la chorale était venu le moment de la boum. Comme il se doit, la playlist comprenait Rihanna, Nicki Minaj et Sexion d'Assaut, puis l'animateur qui faisait office de DJ avait enchaîné avec un morceau de coupé-décalé qui faisait fureur à l'époque ; je l'avais entendu plusieurs fois à la radio sans prêter attention aux paroles. Pendant le refrain, ma fille et Lassana avaient improvisé une chorégraphie où ils tiraient sur un ennemi invisible en alternant sourires et air menaçant. C'est à ce moment seulement que j'ai compris ce que racontait cette chanson qui commençait de la manière la plus enfantine qui soit : *Corde à sauter hé, hé ! / Corde à sauter hé, hé ! / Doucement, mais fais doucement,* avant d'opérer un tournant sémantique : *Position un, deux, position un, deux, c'est quoi ça, c'est quoi ça,* et de se radicaliser : *Mitraillette à droite / Mitraillette à gauche / Position un, deux, position un, deux, c'est quoi ça, c'est quoi ça.* Autour de moi, qu'ils soient Blancs, Arabes, Noirs ou Asiatiques, tous les parents semblaient trouver ça normal. Il y avait tant d'énergie, de joie et de légèreté dans ce morceau qu'ils oubliaient la mitraillette pour ne retenir que la corde à sauter. Aussitôt, j'avais *shazamé* le morceau, il s'appelait *Logobitombo*, d'un chanteur dont je n'avais jamais entendu parler, un certain Moussier Tombola, pseudonyme ironique évoquant l'accent supposé d'un tirailleur sénégalais. Avec innocence, Daphné et son ami se déchaînaient sur ces paroles effrayantes. Et même si je ne pouvais savoir à quel point elles étaient prémonitoires, ça m'avait fait un pincement au cœur.

Comme les miliciens de Mansa-Moussa, Lassana porte sur la tête le bonnet d'Amilcar Cabral, le charismatique leader de la lutte contre les colons portugais en Guinée-Bissau et au Cap-Vert. Mort à la veille de l'indépendance, le martyr de la révolution a laissé son couvre-chef en héritage à tous les militants d'Afrique de l'Ouest. Baptisé le « Cabral », ce bonnet n'a au départ rien d'africain. Le révolutionnaire bissau-guinéen l'a adopté en 1961 lors de la visite d'une usine textile en Tchécoslovaquie (c'est drôle les détails que je peux stocker, alors que je ne me souviens jamais de ce que j'ai mangé à mon dernier repas) et il a connu une postérité comparable dans la région à celle planétaire, elle, du béret de Che Guevara. En le découvrant au milieu des marmites du foyer malien, j'ai eu l'impression fugitive d'être, non pas à Paris en 2030, mais dans un maquis en Afrique lusophone dans les années 1970. Candeur et espoir, jeunesse et beauté.

Lassana a fini d'exposer son plan. Afin d'éviter d'être repérés, nous allons passer par le souterrain qui relie les QG des deux formations alliées. Pendant ce temps, Tony ira chercher sa camionnette avec l'un des moussistes. Puis ils attendront notre retour devant le foyer, feux éteints, moteur allumé. Alors qu'il s'apprête à quitter la pièce, Tony me fait un signe de tête ; ce n'est pas le moment de s'épancher, si tout va bien, on se revoit dans moins de trente minutes. Nous pénétrons dans le tunnel.

Next. Level. Shit.

Sol impeccablement damé, murs étayés par des madriers, éclairage fourni par des LED, on pourrait se croire à Tijuana ou à Gaza. Mais non. Quelques mètres à peine sous le bitume du 11e arrondissement, Paris, France, nous arpentons un putain de tunnel. Plus que les horreurs du 6 février, plus que l'attaque d'il y a trois jours, ce souterrain me fait réaliser que le monde d'hier a cette fois vraiment disparu. Par-delà les milices et les croyances, les haines et les affiliations, quelle que soit la zone dans laquelle le hasard de la Situation nous fait atterrir, nous habitons tous, désormais, le pays de la guerre. S'échiner à creuser un tel ouvrage, c'est autre chose que de percer des ouvertures dans des murs mitoyens. Ça demande de la main-d'œuvre, de l'outillage, de l'organisation. On ne se lance pas dans ce genre d'entreprise si l'on n'a pas l'intention de s'installer dans un conflit.

Les ewoks et leurs alliés moussistes ont bien travaillé. Il faut parfois baisser la tête mais on peut être à deux de front. Lassana ouvre la marche, Bakary la referme, trois autres gars nous accompagnent. Celui qui chemine à ma gauche s'appelle Alpha. C'est lui qui a parlé des signes, tout à l'heure. Il me donne quelques explications à mi-voix. L'idée du tunnel est née lors d'une réunion des états-majors du Front uni au lendemain de la publication par *Mediapart* d'une enquête sur une usine clandestine fabriquant du gaz sarin en territoire ligueur. À terme, l'idée est de creuser un réseau capable d'abriter tous les habitants du quartier en cas d'attaque chimique. Au bout d'un mois, ils en sont déjà à deux cents mètres.

Alpha enchaîne.

– Je peux te poser une question ?
– Bien sûr.
– Qu'est-ce qui t'a mené au pendentif ? Tu as senti une présence ? Entendu une voix ? Et la *chahada*, pourquoi tu as récité la *chahada* ? Tu savais qu'il allait se passer quelque chose, non ?

Que répondre à une telle question quand on se revendique mystique athée et qu'on est face à un vrai croyant ?

– Honnêtement, je ne sais pas. Je suis passé devant la fenêtre brisée de l'atelier d'Amir et le pendentif était là, scotché. La *chahada*, c'est sorti tout seul. Ces types attachés sur des chaises, le visage abîmé, et puis l'odeur. L'odeur, surtout. Ça puait la merde et le désespoir. Ensuite, tout s'est enchaîné. Le prisonnier s'est mis à réciter la *fatiha* et je me suis dit qu'il y avait une raison à tout ça. Il faut toujours qu'il y ait une raison.

– *Aaamin. La ilaha illa allah, la ilaha illa allah, la ilaha illa allah*... Un chapelet à la main, Alpha fait défiler les grains et m'observe à la dérobée, comme si j'étais porteur d'une aura. Comme si, avec mon air ignare, j'étais l'organisateur caché de ces mystères. Mais déjà, nous arrivons à une sorte de rotonde entourée de bancs. Lassana nous fait asseoir avant de prendre la parole en chuchotant.

– Adama, tu as tout ce qu'il faut dans ta trousse ?

Le tchipeur hoche la tête. Sur ses genoux, un sac rouge orné d'une croix cerclée blanche.

– Parfait. À partir de maintenant, silence total. On s'assied et on attend.

Alpha serre mon bras. « *Chill man, chill,* tout va bien se passer. » J'inspire un grand coup et observe plus attentivement cette étrange case à palabres. Les murs sont recouverts de fresques où Angela Davis voisine avec Frida Kahlo et le sous-commandant Marcos avec Patrice Lumumba. Les bancs sont confortables avec leurs coussins et leur dossier recouvert de velours. L'endroit est apaisant. Le cercle est divisé en quatre quartiers égaux d'où partent quatre tunnels. Comme dans un igloo, les parois se rejoignent au sommet où est accrochée une étoile argentée. Ici, le temps est suspendu. Un espace rêvé au milieu du chemin obscur qui relie deux milices animées par des utopies différentes et connexes. Deux groupes armés qui voudraient refaçonner le monde. Créer un environnement dans lequel pourrait s'épanouir la multiplicité de leurs désirs. Elle est si belle, cette Géode souterraine, que malgré toutes mes préventions, j'ai envie d'y croire à mon tour. Il suffirait que je parvienne à oublier que le couloir qui prolonge celui par lequel nous sommes arrivés mène à une salle de torture. Oublier que l'humain, sans cesse, engendre sa négation. Oublier que je suis prêt à risquer ma vie pour un pauvre type, et tout aussi prêt à en laisser crever d'autres. Oublier que la Situation est en train de faire de moi un barbare comme les autres, capable de trier entre les bonnes et les mauvaises victimes. Capable de sélectionner ceux qui sont dignes de déclencher mon empathie – sur quels critères ? Je ne sais pas comment s'appellent les camarades d'Arnaud et je n'ai pas envie de le savoir. Le gémissement de l'un d'eux résonne encore à mes oreilles, c'est suffisant.

J'ai été témoin de sa souffrance, je l'ai vu aussi traiter son voisin de muzz et de traître. Ni ma vie, ni celle des personnes tombées sous ses balles, ni celle de son compagnon d'armes récitant la *fatiha* n'ont la moindre valeur à ses yeux. Pourquoi devrais-je me sentir concerné par sa souffrance ? Pourquoi sa plainte continue-t-elle à me hanter ?

Soudain, on entend des pas. Lassana nous fait signe de ne pas bouger. Chaque milice reste dans sa partie du tunnel. Accompagnés d'Erwan, deux hommes portent un brancard. Arrivés au milieu du carrefour, ils déposent leur chargement à nos pieds. Allongé sur le brancard, Arnaud est immobile, figé, même. Adama s'approche de lui et applique l'index et le majeur sur sa carotide.

– Il a un pouls mais il est faible. Il faut le mettre sous perf' rapidement.

– On l'a sédaté et on lui a donné une première dose d'amoxicilline. Pour le moment, tu peux lui mettre un mix sodium et glucose, il est, hmm, un peu déshydraté.

– C'est ça votre technique ? Les faire mourir de soif ?

Erwan le fusille du regard.

– Je savais que tu étais en troisième année de médecine mais pas que tu envisageais de créer une section d'Amnesty International. Je comprends ! Il faut bien que tu t'occupes, vu que la fac est en territoire gouvernemental, c'est un peu compliqué au niveau de l'assiduité… En même temps, côté stages pratiques, ici, t'es au top ! Allez, entraîne-toi sur celui-là. Si jamais tu n'arrives pas à le récupérer, personne ne te le reprochera !

Pour la deuxième fois, Adama tchipe avec tout le mépris du monde. Sans daigner gratifier Erwan d'un dernier regard, il fait signe à Alpha. En un mouvement, les deux hommes soulèvent le brancard et reprennent la route du QG moussiste. Je me lève pour les suivre mais Erwan me rappelle.

– Kamel, mon ami ! T'en va pas comme ça ! On peut au moins s'accorder une accolade virile comme dans les films. Je t'ai sauvé la vie il y a quelques heures, tu te souviens, ou tu as déjà oublié ?

Il s'approche de moi, me serre dans ses bras et en profite pour me murmurer à l'oreille :

– Il y en a une qui ne l'a pas oublié, c'est Virginie. Elle a déjà tout raconté à son mec, maintenant on parle de toi dans les cercles dirigeants au fort d'Aubervilliers. J'ai convaincu Nacéra de vous accorder asile. Le temps que le ligueur se remette, c'est paradoxalement au Fort que vous serez le plus en sécurité. Mais restez aux aguets, faites profil bas et ne vous éternisez pas. Ensuite, si vous pouviez vous faire oublier quelque temps, ce serait pas mal. Comme ça, Lassana et moi, on aura les mains libres pour faire redescendre la pression.

L'un des deux brancardiers fait signe à Bakary de s'approcher. Ils se lancent dans une conversation à voix basse. J'entends le mot « pendentif » mais pas plus, car Erwan reprend la parole.

– On va vous escorter jusqu'au checkpoint de Stalingrad. De là, on préviendra les barrages jusqu'au Fort pour qu'ils vous laissent passer. Le prisonnier sera transféré à l'infirmerie. Dans quinze minutes, on sera prêts à partir, Tony n'aura qu'à nous suivre.

Il s'interrompt et me détaille d'un air dubitatif.

– Fais gaffe, quand même. Cette époque, elle est pas faite pour toi.

– À part les sociopathes, elle n'est faite pour personne.

6

Bistro kabyle, droguerie pakistanaise, sushi vietnamien, grec kurde. Derrière le pare-brise de la camionnette, une vue panoramique : les boutiques de la rue Saint-Maur défilent et me déchirent le cœur. Pas un passant, pas une lumière, nos phares eux-mêmes sont éteints. Mais grâce à la lune, et au vent qui disperse les nuages, je parviens à déchiffrer les enseignes, à scruter les tags qui ornent les rideaux de fer comme les trompe-l'œil décorant les flancs aveugles des immeubles. Durant quatre décennies, mon existence s'est écrite dans le polygone Belleville, Goncourt, Père-Lachaise, Parmentier. Et voilà que, pour sauver ma peau, je dois fuir de nuit ce quartier dont chaque recoin me raconte une étape de ma vie d'adulte.

Ma première sous-location, un studio rue de la Fontaine-au-Roi, faisait onze mètres carrés en comptant les WC sur le palier mais je m'en foutais. J'avais vingt-cinq ans, je commençais à vivre de mes piges pour la presse people et les magazines télé ; le roi de la Fontaine, c'était moi, au grand dam de mes parents qui avaient pour leur fils unique de plus grandes ambitions. J'avais quitté l'appartement familial, et avec lui, le petit monde d'intellectuels, de profs et de cadres qui habitait cette barre d'immeuble surplombant les voies de la gare Montparnasse. Traverser la Seine pour arriver dans un coin où personne ne se souvenait de mes premiers pas m'avait fait l'effet d'une libération. Mais si je respirais mieux dans le 11e alors que l'air y était tout aussi pollué, c'était aussi parce que la proportion de basanés y était sensiblement supérieure. J'étais enfin arrivé chez moi. Dans un lieu où le fils d'un avocat arabo-peul et d'une infirmière blanche cessait d'être une exception.

Au niveau de l'hôpital Saint-Louis, un barrage. Devant nous, le chauffeur ralentit et baisse sa vitre. Erwan, à la place du mort, se tourne vers les ewoks en faction, les salue le poing levé et leur dit quelques mots avant de pointer notre camionnette du doigt. Les gars lui rendent son salut, la Mercedes repart. D'après Bakary, c'est l'un des plus beaux fleurons de la flotte wokiste. Quand les riches des quartiers tenus par les milices de gauche ont voulu se mettre au vert dans la zone tenue par Égalité, le Front uni les a forcés à faire du covoiturage et à laisser dans leurs parkings les véhicules surnuméraires. C'est ainsi qu'ewoks et moussistes se sont constitué un parc automobile de première catégorie. La Mercedes que nous suivons est réservée à un usage civil, mais une bonne partie des voitures récupérées sont customisées pour la guerre. Elles ont été équipées de tout le matériel apporté par les cent cinquante déserteurs du 24e régiment d'infanterie, ainsi qu'avec les armes mises à disposition par les boss des plus grosses places de deal du 19e, qui ont rejoint le camp wokiste dès le début du conflit. Mitrailleuse lourde, mortiers, lance-roquettes, en veux-tu en voilà. Le jour de la grande bataille, faudra être prêt. Les autres le seront.

La camionnette de Tony est plus *roots*, mais c'est la sienne. Et elle fait le job. Avec Adama et Alpha, ils ont réussi au moyen de cordes, de crochets et de Sandows à arrimer solidement le brancard du prisonnier à l'arrière. Assis sur une caisse à outils à côté du ligueur musulman sédaté, Bakary rattrape la perfusion sur roulettes dès qu'elle tente de s'échapper vers le fond du véhicule. Tout est sous contrôle.

C'est notre tour de passer à dix kilomètres/heure devant les miliciens. Ma main se met à trembler mais ils ne nous prêtent aucune attention. Sans se détourner de ses camarades, l'un d'eux donne deux coups brefs sur le toit pour nous signifier que nous pouvons y aller. Tony accélère dans l'avenue Claude-Vellefaux. Il se retourne vers moi en riant.

– C'est ton premier barrage, t'es sérieux ? Tu n'as pas quitté une seule fois le quartier depuis le 6 février ?

– Hmmm…

– Même pas pour ta visite hebdomadaire au Père-Lachaise ?

– Le premier mardi où j'ai voulu y aller, ils venaient de mettre en place un checkpoint à Ménilmontant. En remontant la rue Oberkampf, j'ai croisé Amir qui m'a prévenu que ce n'était pas le bon moment. Les miliciens mettaient sur le côté tous ceux qui leur paraissaient suspects. Jeunes ou vieux, Blancs, Noirs ou Arabes. Impossible de comprendre leurs critères. Si je n'avais rien de vital à faire, mieux valait attendre un autre jour. Alors, je suis rentré. En temps normal, j'aurais allumé une bougie sur la tombe de Florence et je lui aurais lu quelques pages du livre dans lequel elle était plongée avant sa mort. Un bouquin au titre interminable : *Le Miroir des âmes simples et anéanties et qui seulement demeurent en vouloir et désir d'amour*. Une fois rentré à la maison, j'ai fait la même chose mais dans son fauteuil préféré. Le mardi d'après, j'ai refait pareil, et encore le suivant. Ma nouvelle cérémonie. L'important, c'était que je passe un moment rien qu'avec elle. Une fois réglée la question du Père-Lachaise, je n'avais aucune raison de bouger. Supermarché, restaus, *weed* bio hydroponique fabriquée localement, on peut tout se faire livrer, pourquoi risquer sa vie en passant un checkpoint ? J'avais juste écarté la possibilité qu'ils viennent nous buter à domicile.

– La guerre, y'a trop de paramètres qui t'échappent, c'est ça le truc. Pour augmenter ses chances de survie, il faut s'entraîner. Régulièrement. Les barrages, c'est la base. Tout est dans le mental, la présence, l'attention à l'autre. Faut être hyper empathique, détecter le moindre changement d'humeur ou d'atmosphère. À chaque fois, tu apprends quelque chose. À chaque fois, tu perfectionnes ta technique. Et puis, surtout, c'est un kif. Là, avec Erwan qui ouvre la voie, c'est de la triche mais sinon, c'est un shoot d'adrénaline. *Natural high, my friend, natural high !* Faut voir ça comme une danse entre toi et le gars qui t'a pris tes papiers. Tant qu'il ne te les a pas rendus, ta vie lui appartient et il te le fait bien sentir. Il suffit que ta tête ne lui revienne pas, que quelque chose l'énerve dans ton attitude ou que l'autocollant de Ganesh collé sur le pare-brise, acheté un jour rue du Faubourg-Saint-Denis parce que tu en aimais les couleurs, l'irrite. L'objectif est d'arriver à inverser le rapport. Au début, il mène le jeu, puis, sans qu'il s'en aperçoive, c'est toi qui prends le contrôle. Un peu comme avec un alcoolique agressif au bar. Tu commences par absorber sa colère, puis, peu à peu, tu domines la situation. Sauf que le relou, s'il ne veut pas comprendre, tu peux le foutre dehors. Au barrage, la kalach est entre les mains du milicien. Mais c'est pour ça que c'est bon. Le checkpoint, c'est comme l'arène pour le torero.

Nous nous engageons maintenant au ralenti place du Colonel-Fabien. Aussi anachronique que cela paraisse, le siège du Parti communiste est toujours en place. Quand il a été dessiné, l'Union soviétique incarnait encore l'espoir pour des centaines de millions d'habitants de la planète. Sans doute est-ce parce que la tension du moment me pousse au sentimentalisme, mais je me surprends à aimer cette silhouette familière comme jamais auparavant. Les choses étaient quand même plus simples à l'époque où, avec sa gouaille de titi parisien, Georges Marchais faisait taire le journaliste vedette chargé de l'interviewer. Jamais je ne me suis senti aussi XXe siècle. Peut-être est-ce dû à l'immeuble de verre et de béton typique de l'architecture des années 1960 et à l'allure étonnamment vintage des quelques miliciens qui font griller des brochettes sur un brasero de fortune à ses pieds. Leur uniforme – col roulé, veste en cuir, béret – ressemble à celui des Black Panthers ou à la tenue de Shaft, au choix ; et ils écoutent un vieux titre d'Alpha Blondy sur un ghettoblaster tout droit sorti des premiers Spike Lee :

Armée française, allez-vous-en ! / Allez-vous-en de chez nous… / Nous ne voulons plus d'indépendance / sous haute surveillance / Armée française, allez-vous-en ! / Allez-vous-en de chez nous / Nous ne voulons plus d'indépendance / sous haute surveillance…

Qu'est-ce que j'ai pu écouter ce morceau à la fin des années 1990 ! J'avais trente ans et je me réconciliais avec le passé anticolonial de mes parents. Toute ma vie, ils m'avaient fatigué avec leur jeunesse militante. Ma mère avait grandi pendant la Seconde Guerre mondial, mon père, à l'ombre du féodalisme et de la colonisation ; ça avait forgé leur vision du monde. Elle avait à peine dix-neuf ans quand elle avait participé à ses premières manifs contre la guerre d'Algérie. Et en 1958, mon père avait passé quelques semaines en prison à Saint-Louis du Sénégal, où il préparait son bac au lycée Faidherbe, parce qu'il avait milité pour le « non » au référendum de De Gaulle, qui voulait garder encore un an ou deux les colonies dans le giron français. Moi, j'étais un ado des *eighties*. Je m'en fichais que mes parents soient des héros. Tout ce que je voulais, c'était qu'on me laisse écouter tranquillement New Order, Devo et Eurythmics. L'Afrique, c'était pas fait pour moi. Je m'en étais persuadé au lendemain de mon unique et calamiteux voyage au bled, l'été de mes quatorze ans. Sans doute parce que mon père n'avait jamais réussi à m'expliquer pourquoi il avait soudain ressenti le besoin de me trimballer au fin fond du désert pour me présenter une famille dont il ne m'avait jamais parlé.

J'avais dû boire des litres de lait de chamelle, dormir sous des tentes avec des vieux qui ronflaient, faire semblant d'être musulman. Et surtout, personne ne m'avait averti qu'à cinq heures de piste de la ville la plus proche, je n'avais aucune chance de trouver des piles pour mon lecteur de cassette mono. Mais il y avait aussi eu de beaux moments. Le désert, d'abord. J'avais joué les blasés, mais la confrontation avec cette immensité minérale m'avait ouvert une porte sur l'inconnu. Une fois, alors que je participais à la prière de l'aube (mon trotskiste de père m'indiquait d'un geste discret les moments où il fallait se prosterner ou se relever), un vertige existentiel m'avait saisi à la fin de la dernière *rak'ah*. Quand, agenouillé sur le sable, alors que je répétais pour la énième fois la formule rituelle « *la illaha illa Allah* » (on avait bien essayé de m'en apprendre une plus longue, mais devant mon désarroi, on s'était estimé heureux que j'arrive déjà à mémoriser la version abrégée), j'avais vu le soleil se lever entre deux dunes, pile dans mon axe. En communion avec le divin. Quelques secondes de suspension, puis la rationalité avait repris le contrôle. Oncles, tantes et cousins essayaient de me convaincre que la magnificence de la nature était la preuve de l'existence de Dieu. Un raisonnement qui me semblait absurde et auquel, afin de respecter l'injonction paternelle de faire profil bas, je ne répondais rien, me contentant de me répéter in petto : si Dieu existe, comment a-t-il été créé ? Cette prière, pourtant, avait fissuré ma forteresse. J'avais éprouvé dans ma chair une présence dont je ne savais que faire et que j'avais fini par m'approprier l'année suivante grâce à ma prof de français. En étudiant *Le Rêve de D'Alembert*, de Diderot, je m'étais dit qu'il n'y avait pas de différences entre ce Dieu du désert et le Grand Tout dont parlait le philosophe. Une simple question de sémantique.

Au retour, nous avions passé vingt-quatre heures à Nouakchott chez Mariama, la sœur de ma défunte grand-mère, une fille du fleuve qui avait épousé un nomade du désert. De leur union était né un seul enfant, mon père, qui avait sept ans lorsque ses parents avaient divorcé et que son géniteur, comme l'y autorisait la loi islamique, l'avait gardé avec lui sans droit de visite. Toute sa vie, il était resté en colère, insatisfait, révolté contre cette injustice qui l'avait privé de sa mère. Injustice qui n'avait jamais pu être réparée. Elle avait disparu dans un accident de voiture à l'automne 1957, en route pour lui rendre visite à Saint-Louis où il venait d'entrer en seconde.

L'ambiance en Mauritanie était entièrement différente, c'était quitter un monde pour un autre. Le pays était traversé, par de nombreux conflits entre castes et ethnies, dont le principal opposait les Maures (le peuple de mon grand-père) aux Hal Pulaar (celui de ma grand-mère). Depuis l'indépendance, les politiciens et les militaires maures contrôlaient l'essentiel du pouvoir, ce qui provoquait colère et ressentiment chez les Hal Pulaar. Mon père, qui n'avait pas parlé pulaar depuis sa petite enfance, avait du mal à se faire comprendre de ma grand-tante, qui maîtrisait mal l'arabe et pas du tout le français. Un des fils de Mariama, professeur de lycée, faisait office de traducteur, on marchait sur des œufs. Que nous le voulions ou non, pour eux, nous avions partie liée avec les Maures, le groupe des oppresseurs. Même si je ne comprenais rien au contexte politique, je percevais la charge contenue dans chaque silence, chaque échange de regards. Si Mariama avait mis des heures à préparer un *thiéboudienne* à se pâmer, le malaise ambiant m'avait empêché de profiter de l'explosion de saveurs offertes par ce riz au poisson, plat national sénégalais qui, malgré la tension persistante entre les deux pays, restait très populaire en Mauritanie. Quelques années plus tard, mon père m'apprit que le cousin qui nous avait servi d'interprète était mort dans un bagne du désert, accusé de sédition, comme d'autres intellectuels hal pulaar signataires du *Manifeste du négro-mauritanien opprimé*, un texte qui avait ulcéré les officiers au pouvoir. Le visage de mon père était décomposé, je ne l'avais jamais vu comme ça. À partir de là, j'avais entrepris d'exclure de mon existence la terre de mes ancêtres et, pour faire bonne mesure, tout le continent.

Mais à quel prix ?

En Côte d'Ivoire / Nous ne voulons plus de vous / Au Sénégal / Nous ne voulons plus de vous / Au Gabon / Nous ne voulons plus de vous.

Cinq ans après ce voyage, c'est en traversant la Seine que j'avais retrouvé le chemin du Sahel. Vu les tarifs auxquels étaient payés les pigistes dans la presse écrite, j'avais pris l'habitude, à peine arrivé dans le 11e arrondissement, d'aller manger chaque midi au foyer de travailleurs immigrés de la rue de Charonne où le mafé était au prix imbattable de cinq ou six francs. Là-bas, j'avais découvert un thé à la menthe à réveiller les morts et fait la connaissance d'étudiants et d'intellectuels en exil qui avaient fini par me faire réaliser que, non, la colonisation n'avait rien d'une partie de plaisir et que, oui, le combat de mes parents était nécessaire. Ils s'appelaient Ousmane, Abdoulaye, Mouhamadou, Hyacinthe ou Ferdinand, ils étaient maliens, sénégalais, camerounais, béninois et même mauritaniens. Dans ce dernier cas, il s'agissait souvent de Peuls, comme la mère que mon père avait si peu connue. C'est peut-être ce manque fondamental, doublé de l'inextinguible colère contre la Mauritanie en particulier, et l'Afrique en général – ce continent dont, en bon marxiste, il ne supportait pas « l'arriération féodale » – dont j'avais hérité. Et dont je commençais à me libérer en me mettant à écouter autre chose que Massive Attack et Portishead. Avec mes nouveaux amis, j'avais découvert Youssou N'Dour, Fela, Ismaël Lô, Salif Keïta, Franco… et Alpha Blondy.

Nous sommes des États indépendants / Et souverains / Votre présence militaire entame / Notre souveraineté / Confisque notre intégrité / Bafoue notre dignité / Et ça, ça ne peut plus durer / Alors allez-vous-en !

Aujourd'hui, les Chinois, les compagnies privées russes ou américaines, et même les Indiens ont repris les bases que possédait la France en Afrique. La chanson d'Alpha Blondy est devenue une pièce de musée, le témoignage du passé révolu de la Françafrique. Je souris ironiquement en voyant, trente-cinq ans après l'enregistrement de ce morceau, une poignée de simili Black Panthers – dont je me demande bien par quel repli de l'espace-temps ils sont passés pour faire le voyage d'Oakland en 1968 à Paris en 2030 – l'écouter devant le siège du Parti communiste en mangeant des brochettes et ce qui ressemble à de l'*attiéké-kedjenou* cuit dans une feuille de bananier ; manioc fermenté, sauce piquante, poulet : un des meilleurs plats du monde.

Tout en esquissant un petit pas de danse et en agitant son pilon de volaille, l'un des miliciens nous fait signe d'avancer. Tony accélère pour rattraper nos devanciers partis sur les chapeaux de roue pour fuir ce qui ressemble dangereusement à une faille temporelle. C'est peut-être ça, une guerre civile : le combat entre des visions concurrentes et figées d'un passé idéalisé.

À peine avalé le boulevard de la Villette, notre convoi s'arrête au checkpoint de la rotonde Stalingrad. Erwan descend de voiture, Tony et moi aussi. Nous levons tous le poing avec les cinq miliciens en faction. Ils ont été prévenus.

– OK les gars, on ne va pas faire dans les adieux déchirants, c'est pas le genre de la maison. Vous avez encore un barrage au niveau du périph, un autre à l'entrée du fort d'Aubervilliers. Tout le monde est au courant, ça va aller tout seul. Nous, on retourne au QG, on a du taf.

Le moment est venu de poursuivre sans poisson-pilote.

La Merco fait demi-tour et disparaît dans la nuit. Pour la première fois de ma vie, l'absence d'Erwan creuse un vide, mais je n'ai pas le temps de m'attarder sur cette idée bizarre, il faut prendre le large. Les miliciens font glisser une barrière laissant juste l'espace pour que nous pénétrions dans un parcours tortueux bordé de blocs de plastique. Je fixe mon regard sur La Rotonde, où Éminé m'a si souvent traîné lorsqu'elle était invitée à une avant-première dans l'un des deux MK2 postés comme des vigies de part et d'autre du canal. Les films, elle s'en fichait pas mal, alors on zappait la projection pour se pointer directement au cocktail. Après avoir passé la journée à imaginer des amours fictives, ça me faisait du bien de m'alcooliser avec des artisans du documentaire. Ils avaient toujours plein d'histoires à raconter. Directement du producteur au consommateur, aucun formatage, pas de musique ou de voix off, rien que des scènes coupées au montage. J'avais droit aux meilleures, celles qui ne seraient jamais tournées, car, malgré la passion de leur auteur, aucun producteur ne voyait comment les financer, aucun diffuseur ne croyait qu'elles pourraient rassembler. « Qu'est-ce que tu veux y faire, c'est comme ça : ils regardent leurs courbes d'audience, leurs parts de marché et les scores des replays. Un Wiseman, un Kramer, un Rouch, une Varda, ne pourrait jamais émerger aujourd'hui. Cette époque appartient aux comptables, faut s'y faire. On se reprend un truc ? » Toutes les bouteilles de vin offertes par la production bues, le moment arrivait de passer au mojito et de gagner la terrasse pour une pause-pétard. C'était l'heure des propos décousus et des rencontres. Et, même s'il m'arrivait parfois de prolonger la soirée chez une cheffe monteuse, une réalisatrice ou une critique télé, je rentrais toujours à la maison au milieu de la nuit pour ne pas laisser Daphné se réveiller dans un appartement vide. Veuf inconsolé j'étais, veuf inconsolable je resterais. Rien d'étonnant à ce que ma fille soit partie aussi loin que possible et qu'après son retour, elle ait soigneusement gardé ses distances.

Jusqu'à ce que la guerre éclate.

7

J'ai dû m'assoupir. Le boulevard périphérique est déjà derrière nous. En dépassant le panneau qui souhaite *Bienvenue à Pantin, ville fleurie*, je me dis qu'une nouvelle vie commence peut-être ici, avenue Jean-Jaurès, à l'orée du 9-3. Bars d'inspiration brooklynienne, temples tamouls, recycleries, boutiques de stylistes nigérians, brasseries *eco-friendly*, mosquées néo-soufies. Pantin, *the place to be*. Le terre-plein central est planté de citronniers, les façades d'immeubles sont végétalisées. En hauteur, des treilles recouvrent les terrasses. D'avril à octobre, si tu n'es pas allé chercher un peu de fraîcheur sur l'autre hémisphère (ce qui, depuis les règles de tarification adoptées il y a trois ans par l'Organisation de l'aviation civile internationale est devenu à peu près impossible, car même si tu fais partie des rares privilégiés capables de s'offrir un billet pour Buenos Aires ou Le Cap, il te faut encore survivre aux tentatives d'assassinat des écoterroristes de Battalion of Gaia qui ne manqueront pas de faire de toi une cible prioritaire), c'est l'endroit idéal pour philosopher, une mauresque à la main, sur la finitude de la planète. Enfin, ça l'était jusqu'à ce qu'en février, la question de la finitude devienne une problématique plus individuelle.

À partir du métro Quatre-Chemins, d'inquiétants nuages se rassemblent, la pluie se met à tomber et le paysage change de nature. Nids de poule, trottoirs accidentés, Abribus démontés. Autrefois pimpants, des bâtiments affichent sur leurs murs des impacts de balles et de longues traînées noires. Les vitres sont zébrées de papier adhésif, des arbres calcinés tendent leurs branches en une supplique muette. J'ai l'impression de me retrouver à Hawkins, Indiana. À force de rouler dans la nuit de la guerre, nous avons traversé le portail vers l'*upside down*, le monde à l'envers de *Stranger Things*. Encore plus terrorisé que lorsque je regardais la série avec Daphné (elle avait dix-huit ans et ça l'amusait de me découvrir si peureux), je m'attends à ce qu'un monstre sans visage émerge du néant.

L'arrivée au Fort est presque un soulagement. Deux miliciens cagoulés gardent l'entrée de cet écoquartier bâti sur l'emplacement d'un des forts qui protégeaient Paris au XIXe siècle. Bakary est le seul d'entre nous à faire officiellement partie de la milice wokiste, il est clairement préférable que ce soit lui qui aille leur parler. Sous une pluie battante, il sort de la camionnette.

En 2024, chaque mardi à 13 heures, je retrouvais Daphné ici et nous allions manger un *berliner kebab*.

Alors décidée à devenir urbaniste, elle effectuait un stage au sein du cabinet responsable de la rénovation du fort d'Aubervilliers. Six mois plus tard, elle a tout lâché pour partir étudier les sciences politiques à Stanford. En contemplant l'ampleur des ravages de la guerre sur ces immeubles qu'elle a vus sortir de terre, mon cœur se brise. Jamais Toufik Zaafar, l'initiateur de cette opération, un gars du coin, n'aurait imaginé que son œuvre pourrait un jour connaître un destin aussi funeste. Toujours du côté du progrès, il s'était fixé pour mission d'amener de la lumière et de l'espoir dans l'une des plus misérables communes de France. Pour cela, il avait voulu offrir à sa ville des écoles, des crèches, un théâtre équestre, des halles destinées à accueillir expositions et concerts, du vert, du vert, du vert et de la *street food* de qualité. Pour en souligner l'ambition élevée, il avait nommé son projet « Fortissimo ». Zaafar brandissait des chiffres, et séduisait les élus de gauche comme de droite. « Aubervilliers est aux portes de la capitale et de ses richesses, pourtant, en 2024, un habitant sur deux vit au-dessous du seuil de pauvreté. Ce scandale doit cesser ! » Ses détracteurs disaient qu'il était récupéré, qu'il se fichait du sort de ses concitoyens, qu'à cause de lui, tout un tas d'artistes allaient être délogés.

Zaafar leur répliquait qu'il fallait arrêter avec ces vieux arguments. « Les habitants n'ont aucune envie de rester entre pauvres. Ils rêvent de mixité sociale, de bons établissements scolaires, d'un avenir pour leurs enfants. Ils attendent avec impatience le débarquement des bobos. » Au début fascinée par Toufik et la possibilité de faire le bien, Daphné a fini par être écœurée du nombre de couleuvres qu'il fallait avaler pour faire passer la moindre idée. Elle a choisi d'observer la politique et de laisser à d'autres le soin de la mettre en œuvre.

Avec son Fortissimo, l'urbaniste n'avait finalement pas éliminé la pauvreté mais grâce à des prix attractifs, les appartements s'étaient vendus comme des petits pains et les Parisiens tant attendus avaient afflué. Cela n'avait rien changé à la vie des habitants d'Aubervilliers, si ce n'est de ceux qui avaient la chance d'être dans le bon secteur scolaire. Pendant quelques années, ils auront eu l'espoir de briser le cycle de la reproduction sociale.

Dès le 7 février, au deuxième jour de la Situation, les stratèges de la Ligue, qui n'aiment rien tant que puiser leur inspiration dans les victoires du passé, se sont souvenus qu'en 1870, les Prussiens s'étaient installés au fort pour bombarder les communards. Désireux de retenter le coup, les ligueurs avaient mené, depuis leur fief du Raincy où s'étaient rassemblés les innombrables flics factieux du 9.3, un raid sur l'écoquartier, afin de ramener ce fantasme de bobo arabe à sa vocation première : un fort 100 % patriotique et français. À l'arrivée, une surprise les attendait : des centaines de jeunes en armes avaient convergé depuis toutes les places de deal de Pantin, d'Aubervilliers, de Bobigny et de La Courneuve, rejoints par quelques vétérans des Soulèvements de la Terre, des Antifas et de la frange gauchiste des Gilets Jaunes, ainsi que par les membres des services d'ordre des syndicats dits « de lutte des classes ». Depuis des années, à force de se confronter de plus en plus violemment à la police, les bras armés des organisations syndicales avaient perfectionné leurs techniques de combat. Surtout, ils s'étaient constitué un véritable arsenal en vue du conflit ouvert qui ne manquerait pas d'éclater. Leur stock était réparti dans une série d'entrepôts en Seine-Saint-Denis.

La fusion de ces forces disparates s'était opérée dans la plus grande fluidité. Quand les ligueurs se prenaient les pieds dans les rigidités d'une chaîne de commandement inefficace, les combattants du 9-3 étaient capables de changer de stratégie en un instant, appliquant sans le savoir les préceptes d'Abdelkrim Al-Khattabi, le premier théoricien de la guérilla de l'ère moderne : prendre l'ennemi par surprise, le harceler sans cesse, profiter de sa connaissance du terrain pour le faire tomber dans des embuscades, n'attaquer que là où l'on est le plus fort, fuir le combat dès que l'on risque de perdre. Un ironique clin d'œil de l'histoire si l'on songe que la majorité de leurs armes avaient été achetées avec l'argent de la vente du haschich produit sur les terres de son éphémère république du Rif. Un rêve de liberté qui a coûté très cher à son peuple mais inspiré des millions de combattants d'un bout à l'autre du monde colonisé.

Partout, dans le département, la police était perçue comme une armée d'occupation. De bavure policière en révolte urbaine, le fossé n'avait cessé de se creuser entre les flics et les habitants. Une même énergie portait ces derniers en ce 7 février 2030. Qu'ils soient lecteurs du Coran, de la Bible ou de *Mediapart*, ils n'avaient pas hésité à mettre leur vie dans la balance. Au soir d'une bataille féroce, le sang mêlé des victimes imbibait la pelouse piétinée au milieu du Fort. Le Raincy ayant été au même moment attaqué par des détachements venus de Clichy-sous-Bois, Bondy et Villemomble, les ligueurs survivants n'avaient eu d'autre choix que d'abandonner leur ville, et de mettre le cap vers le nord-est, dans l'Oise qui, depuis 2022, à chaque élection locale ou nationale, glissait un peu plus du côté de l'ordre blanc. Sans coup férir, ils avaient investi le parc Astérix. Un symbole précieux dans cette guerre qui se jouait au moins autant sur le terrain des idées que sur celui des armes.

Au lendemain de cette victoire sans appel, les combattants de Seine-Saint-Denis, le ter-ter de tous les ter-ter, avaient formé une organisation parapluie au sein de laquelle cohabitent tant bien que mal d'ex-dealers amateurs de tise et vaguement salafistes, des marxistes à l'ancienne et des féministes intersectionnelles. Quant aux bobos qui avaient cru au rêve de Toufik Zaafar et survécu aux combats, ils avaient fui vers des cieux plus cléments tandis que, soucieux de maîtriser jusqu'au bout leur bilan carbone, d'autres avaient fini dans la fosse commune du cimetière de Pantin qui jouxte fort heureusement l'écoquartier. C'est ainsi que, soixante ans après avoir été désaffectée, l'ancienne citadelle avait repris du service pour devenir le centre d'entraînement et de commandement du Front uni d'Île-de-France.

Blocs de béton, double rangée de barrières amovibles, miliciens Uzi en bandoulière, ici, on n'entre pas comme dans un moulin. Bakary revient s'installer dans la camionnette, les sentinelles ont prévenu le commandement, quelqu'un est en route. Il ne nous reste qu'à attendre dans la nuit de l'avenue Jean-Jaurès, sous la surveillance des deux ninjas hiératiques. Tony lance quelques blagues et Bakary tente d'entamer une discussion sur les vertus comparées de Philip K. Dick et William Gibson, mais ça ne prend pas. L'atmosphère est lourde, morose. Chacun mâche ses regrets et attend en silence. Quand des profondeurs du Fort, une lumière apparaît. Elle zigzague, faiblit, réapparaît, mais, aussi erratique que semble son parcours, il la mène vers nous. Alors qu'elle arrive au niveau de la guérite, on parvient à distinguer un cycliste. Le phare de l'engin doit être alimenté par une antique dynamo, car il s'éteint dès qu'il cesse d'avancer. La sentinelle de droite nous fait signe d'approcher. Bakary donne les instructions : « Tu roules au pas, Tony, ils ont été très clairs là-dessus : au pas et en feux de position. Pas question d'allumer les codes. » Tony démarre et nous pénétrons dans le Fort à la suite de la forme. Le chemin est semé d'embûches. Il nous faut négocier des virages, contourner des obstacles : chevaux de bois, containers métalliques et bottes de foin.

Le vélo s'arrête devant une construction voûtée en pierre d'origine, une casemate en langage militaire. Daphné m'a déjà amené là pour boire un café avec le gars qui occupait les lieux, un décorateur qui avait commencé sa carrière avec Beineix et Carax, deux réalisateurs du siècle dernier. Il s'était fait un paquet d'argent en travaillant sur des films où les heures supplémentaires avaient atteint des volumes considérables et l'avait investi dans du matériel. La casemate, il l'avait trouvée pendant un tournage à la fin duquel il s'était posé là sans aucune intention d'en bouger. Cette nuit, ce n'est pas lui qui se trouve derrière la porte que notre guide vient d'ouvrir avant de nous faire signe de le rejoindre.

Bakary reste avec Arnaud. Tony et moi descendons du van. La pluie s'est arrêtée, nos pas crissent sur le gravier. Le cycliste s'avère être une jeune femme à l'allure sportive. Elle porte un pantalon cargo noir, un vieux sweat-shirt Black Lives Matter et un hijab assorti. Elle soulève un épais rideau cramoisi et attend que nous le franchissions pour se positionner derrière nous. Nous avançons dans la pièce ; la déco n'a pas bougé depuis six ans. Le sol est recouvert de tapis persans et de kilims. Il y a des canapés moelleux, des tables basses, des bibliothèques. Des bâtonnets d'encens répandent une odeur de santal. Sur une platine vinyle tourne un disque de Coltrane dont le son, réglé à mi-volume, enveloppe.

– Kamel Kassim ! L'ermite de la rue Isidore-Ducasse est sorti du 11e arrondissement ! Cette journée restera dans les annales. Tu te rends compte qu'il aura fallu une guerre civile pour que tu finisses par t'extraire de ta tanière ?

Émergeant de l'obscurité, Nacéra nous accueille, bras croisés. Aussi large soit-il, jamais son sourire ne parviendra à effacer le pli amer logé au coin de sa bouche.

– Nacéra Mokadem, cheffe de projet chez InGirum, réincarnée en sous-commandante révolutionnaire, c'est pas mal non plus ! Quand tu parlais pendant des heures de ton prochain jeu dans l'arrière-salle de Chez Gilberte, il n'était pas trop question de lutte des classes, si je me souviens bien.

– Une guerre est une guerre, Kamel. Une bataille, un meurtre, un assassinat, c'est d'abord une question de pratique. Réussir son coup, éliminer ses ennemis, avoir toujours une issue de secours, que ta cause soit juste ou pas, les gestes sont les mêmes. Après avoir passé des années à travailler au service du capital, j'ai compris qu'il était temps que je me réveille et que je devais appliquer à la vie réelle ce que j'avais appris dans le métavers. En n'oubliant jamais que dans le monde matériel, la mort est un processus irréversible.

Une ombre passe sur son visage.

– Oui, la différence, c'est que toi, tu es la boss, j'imagine qu'on ne te laisse pas risquer ta vie en première ligne.

– La bataille du 7 février, tu ne peux pas imaginer ce que c'était. Ça tirait de partout, un bordel sans nom. On a perdu les meilleurs. Ça s'est terminé au corps à corps dans les tours, et comme une conne, je m'y suis lancée. J'ai appris à tirer au Burkina et quelques techniques d'autodéfense en Syrie mais tu vois ma carrure ! J'ai survécu par miracle, grâce à… Attends une minute.

Posé sur un guéridon orné d'un napperon en dentelle, un antique téléphone en bakélite s'est mis à sonner. Je n'ai pas vu ce modèle depuis les années 1970, quand je passais les vacances à Luchon chez ma grand-mère maternelle. Pour éviter d'être écouté, rien ne vaut un bon vieux réseau terrestre en circuit clos. Nacéra contemple l'appareil avec toute la fatigue du monde et finit par décrocher. Son visage se tend. Après quelques « hmm » et « hinhin », elle coupe : « Je ne suis pas seule, en effet, on en reparle » avant de raccrocher et de se tourner vers nous en souriant.

– Je suis nulle, je n'ai même pas fait les présentations. Djénéba est mon aide de camp, c'est grâce à elle que... Mais non, je n'ai pas le temps de vous raconter quoi que ce soit, allons droit au but. Qu'est-ce que c'est que cette histoire de milicien ennemi que vous avez exfiltré ? Virginie Fortin est furieuse contre vous et ça a des répercussions jusqu'ici, ce dont je me passerais bien. Tu n'imagines pas à quel point les choses sont tendues.

– Erwan a déjà dû tout te dire.

– Il m'a raconté un conte à dormir debout, oui. Je ne sais pas ce qui lui a pris de se fourrer là-dedans. Mais vu que c'est toi le personnage central, j'aimerais avoir ta version.

Pour la troisième fois de cette nuit interminable, je raconte l'enchaînement des faits depuis la découverte du pendentif, la visite au zoo, la *chahada*, le coup de fil à Soraya et l'exfiltration d'Arnaud. La sous-commandante m'écoute avec concentration, même si elle doit m'interrompre pour répondre une nouvelle fois au téléphone et expédier des signatures dans le parapheur que vient lui porter un jeune homme craintif. Lorsque enfin je me tais, un silence ouaté tombe sur la pièce. Le disque de Coltrane a cessé de tourner depuis un moment.

– Sacrée histoire. On dirait un mix tordu entre tes polars et tes comédies romantiques. Personnellement, je veux bien te croire et je trouve ça beau, d'une certaine manière, que tu aies réussi à embarquer autant de gens derrière toi sur la foi d'un pendentif et d'une *chahada*. Mais les rumeurs vont vite et l'arrivée de ton converti a le potentiel pour mettre le feu aux poudres. Cinq milices différentes s'entraînent ici. Il y a nous, les islamo-wokistes qui n'ont d'islamique que le nom ; les mansamoussistes que tu connais, entre afrocentrisme et islam confrérique à l'ancienne ; et puis trois groupements dirigés par les plus gros trafiquants de la zone. Ils n'ont pas d'idéologie déterminée mais autour d'eux gravitent des prédicateurs salafistes et évangéliques. Si tu me demandes mon avis, la seule chose qui les distingue des ligueurs, c'est la couleur de peau. Sinon, entre leur hypercapitalisme et leur vision moyenâgeuse de la morale, de la religion et des femmes, je les verrais plus dans le camp d'en face. Mais ce sont de bons combattants, ils possèdent les plus gros stocks d'armes et connaissent par cœur le terrain, on ne peut pas s'en passer. Bref, si un prêcheur dingo, qu'il soit chrétien ou musulman, commence à s'emparer de cette histoire, ça peut se terminer en bataille rangée entre salafs et évangélistes. Sans compter, tu me pardonneras Tony, que ton nom de famille, c'est Amsellem. S'ils s'amusent à mettre en avant tes origines juives, on se retrouve avec un bon petit complot de derrière les fagots. En résumé, Kamel, et pour dire ça crûment, ton colis encombrant me met dans la merde.

Nacéra se tait. Peu importe le nombre de fois où nous avons trinqué Chez Gilberte, j'ai l'impression que notre sort se joue maintenant. C'était un autre monde, un autre Kamel, un autre Tony, une autre Nacéra. Si elle décide qu'il faut stopper notre odyssée, elle n'hésitera pas. Elle doit garder le contrôle, tout le reste est secondaire.

Derrière le rideau, un crissement de gravier se fait entendre. En un éclair, Djénéba passe de l'autre côté et ramène Bakary qu'elle maintient par une clé de bras. Le visage tordu par la douleur, il murmure :

– Nacéra, je suis Bakary ! Du détachement de la Fourmi Électrique. En mission spéciale pour le capitaine Erwan Biziou. J'étais dans la camionnette avec le prisonnier ! On est à court de propofol, il commence à se réveiller, il faut lui trouver d'urgence un lit et des médicaments pour sa perf.

Djénéba fixe sa patronne pour savoir si elle doit lui casser le coude ou pas. Nacéra reste indéchiffrable.

– M. Kassim… euh Kamel, a dit la vérité. Tout s'est passé comme il l'a dit. Si vous avez un doute, appelez la Fourmi. Demandez à parler à Rémi, il est de garde, il vous expliquera pour le pendentif.

Djénéba lui tord un peu plus le bras. Bakary pousse un cri.

– Ça fait combien de temps que tu écoutes ? T'es un espion, c'est ça ? Tu bosses pour qui ? Et ton pote, ce Rémi, il est impliqué, lui aussi ? C'est un réseau, c'est ça ?

– Je suis un ewok ! Vous croyez que j'irais bosser pour les fachos ? Vous avez vu ma tête ?

Bakary fixe Nacéra, des larmes dans les yeux.

– Je vais tout vous expliquer, promis. Vous pouvez juste lui dire d'arrêter ?

– Djénéba, c'est bon. Et toi, si tu es un ewok, arrête de me vouvoyer. On n'est tous des égaux ici, pas comme chez les ligueurs ou les humbertistes.

L'aide de camp relâche Bakary.

– Tout à l'heure, quand on est allés récupérer le ligueur blessé, c'est Rémi qui nous l'a amené sur un brancard avec un autre ewok. Avant qu'on s'en aille, il m'a pris à part pour m'expliquer qu'il y a trois jours, alors qu'il faisait le ménage après une séance de torture, il avait trouvé le pendentif. Sur le coup, il s'est dit que l'un des prisonniers avait dû le voler à une victime. C'est pour ça qu'il l'avait scotché à côté des vitrines brisées, en face de Chez Gilberte. Mais en apprenant l'histoire du milicien ennemi qui récitait des versets, il s'est dit qu'il avait dû se tromper et que le Coran miniature était peut-être à lui. C'est comme ça qu'il est arrivé sur ton chemin, Kamel.

Bakary se tait, il regarde Nacéra avec toute la détermination du monde.

– Je sais que cette histoire est un sac de merde, mais on a un blessé qui va se réveiller dans la camionnette. Il faut lui trouver un lit et du propofol. Ensuite, on pourra aviser.

Nacéra s'approche.

– Je peux te poser une question ?

– Bien sûr.

– Ton frère est un capitaine moussiste, mais toi, tu t'es engagé chez les ewoks. Pourquoi ?

– Moi, j'aime la littérature, l'art, les polars, la SF. La tradition, la religion, c'est important, mais je n'ai pas envie que ça prenne toute la place. Je voulais me battre contre les fachos. Arrivés à ce stade, on n'a plus le choix. S'ils gagnent, c'est *dead* pour moi, et ça l'est pour nous tous. Mon frère mène le même combat mais à sa manière. Dans son unité, il organise des soirées autour de Thomas Sankara, Patrice Lumumba, Funmilayo Ransome-Kuti ou bell hooks, c'est nécessaire mais je n'ai pas sa patience…

Nacéra se tourne vers moi, la main tendue.

– Ce pendentif, je peux le voir ?

Je l'extrais et le lui tends sans lâcher la chaîne. Elle l'ouvre, regarde les photos avec attention, comme si elle voulait les imprimer sur sa rétine, puis le referme sans un mot avant de sortir de la pièce. L'aide de camp libère Bakary et lui donne une petite impulsion vers l'avant. Il a retrouvé le sourire.

8

Il est 6 h 45 et la lumière du jour me fait cligner des yeux. Dans les arbres, les oiseaux chantent ; c'est si beau que je pleure en silence. Les larmes viennent nettoyer cette nuit pleine d'alcool, de weed et d'horreur. Ma nuque est lourde, mes membres douloureux, mais je suis vivant. Sur le perron, Nacéra parle avec Tony, Bakary avec Djénéba. Je m'éloigne pour m'étirer avant de m'engager sur une allée arborée qui longe une esplanade de gravier. Marcher, sentir la brise caresser ma peau, le soleil me réchauffer. Après des mois à l'intérieur de mon appartement, j'ai l'impression de retrouver l'usage de mes sens.

Je reconnais les lieux, j'étais là le soir de l'inauguration. Il y avait des politiciens, des feux d'artifice, du champagne, des journalistes et une représentation exceptionnelle de l'orchestre symphonique Divertimento. Daphné était resplendissante. Et moi, j'étais heureux pour elle.

Le lendemain, pourtant, elle annonçait à Zaafar son départ pour Stanford. Il avait accueilli avec philosophie la décision de son étudiante. « Ils vont t'adorer en Amérique. Et puis, qu'est-ce que tu allais faire ici, avec un vieux prophète ? » Avant de quitter son bureau, Daphné avait parcouru la quatrième de couverture du *Nouveau Monde amoureux* de Charles Fourier qui traînait dans un coin. « Cette nouvelle société n'adviendra qu'avec l'émancipation de la femme et de l'enfant, délivrés du joug patriarcal et de la domination masculine », avait-elle lu à haute voix. Il avait écrit ça en 1816, et le patriarcat, aux dernières nouvelles, on n'en était toujours pas sorti. C'est ça, le problème avec les prophètes : ils ont toujours quelques siècles d'avance. Mais nous, en attendant, on doit se contenter de vivre dans l'époque que le hasard nous a attribuée. C'était sans doute à ce moment-là qu'elle avait décidé d'accepter, une fois pour toutes, le monde tel qu'il était. Et d'y tracer sa route en mode *survivor*. Sans états d'âme.

Au bout de l'allée, le bassin est à sec, la fontaine polychrome signée Takashi Murakami a cessé de couler. Les deux grandes halles qui l'entourent n'accueillent plus de concerts, de ballets ni de cours magistraux. Le rêve de Toufik Zaafar – amener la culture au peuple – n'a pas survécu à la guerre.

Il me semble, pourtant, entendre de la musique. Une chorale, pour être exact. Un groupe de jeunes en short et en tee-shirt émerge de la halle située à gauche du bassin. Âgés d'une vingtaine d'années, ils sont noirs, blancs, arabes ou asiatiques. Presque autant de filles que de garçons, on croirait une vidéo de propagande pour le Service national égalitaire. À un détail près : ils tiennent tous au-dessus de leur tête un fusil en bois et lèvent les genoux en rythme. Alors que je m'écarte pour les laisser passer, je reconnais la chanson qu'ils entonnent à pleins poumons. C'est *Logobitombo*, le morceau qui m'avait troublé quand j'avais vu Daphné et Lassana exécuter leur chorégraphie. Mais déjà, les apprentis combattants s'éloignent avec leurs armes factices en continuant de reprendre en boucle ce son venu d'un temps où la guerre civile n'était encore qu'un concept agité par des animateurs de talk-show racoleurs et des éditorialistes sans scrupules. Les milliardaires propriétaires des chaînes d'info en continu leur ouvraient largement leurs antennes. De jour comme de nuit, ils y réinventaient le passé. Car, tout comme la majorité de leurs spectateurs, ils avaient grandi à une époque où la grande distribution, les ronds-points, les zones périurbaines, avaient définitivement emporté le morceau. Leur France imaginaire était constituée de boulangeries, de clochers, de porte-plumes et de tableaux noirs, et si elle avait disparu, ce n'était en aucun cas la faute des présidents successifs qui avaient façonné la France du XXIe siècle. Les coupables, les vrais, étaient les Noirs et les Arabes, les wokistes et les écoterroristes. Les LGBTQI+, les trans et les tenant·e·s de l'écriture inclusive. C'était eux – dieu nous garde d'écrire elleux – qui avaient entrepris de s'attaquer à notre substance même, à ce qui faisait de nous une nation qui avait traversé tant de siècles et tant d'épreuves depuis le baptême de Clovis ; et si on les laissait continuer, eh bien, oui, ma foi, les Français, les vrais, finiraient par devoir se défendre, ce serait alors, à notre grand regret et à notre corps défendant, la guerre civile. À force de l'annoncer, ils ont fini par l'avoir. Et ici comme dans d'autres centres d'entraînement des milices d'Île-de-France, des milliers de jeunes se préparent à combattre.

Une nouvelle escouade fait irruption et reprend les mêmes gestes sur les mêmes paroles. En les suivant du regard, je me retrouve nez à nez avec Djénéba et Nacéra. L'aide de camp m'explique que Tony et Bakary sont partis avec la camionnette vers le centre de santé. Nous devons les y rejoindre, c'est à cinquante mètres, dans l'une des « tours des gendarmes ».

En 2024, Daphné m'avait parlé de la bagarre autour du devenir de ces immeubles qui avaient hébergé quatre cents familles de gendarmes pendant des décennies. La mairie voulait les convertir en habitat social tandis que la Région tenait à les raser pour construire une résidence destinée aux CSP+. Pendant que nous marchons dans leur direction, Nacéra m'offre l'épilogue de cet imbroglio politique.

– Au final, les tours ont été rénovées et on a vendu les appartements à des familles de Parisiens qui, vu que le prix du mètre carré dépassait les dix mille euros dans tous les arrondissements, n'arrivaient pas à acheter dans la capitale. Certains sont morts dans les combats du 7 février, la plupart se sont réfugiés en zone gouvernementale. Aujourd'hui, on y loge nos instructeurs, nos recrues et des visiteurs de passage, comme vous. Et même si les gendarmes, comme le reste des militaires, se déclarent neutres, je ne suis pas sûre qu'ils soient ravis de voir s'installer des hordes de révolutionnaires basanés dans leurs anciens quartiers.

De la même manière que l'armée assure la sécurité extérieure, renforçant les contrôles aux frontières et se tenant prêts à repousser toute tentative d'intrusion, les gendarmes se contentent officiellement de sécuriser les centrales nucléaires et les sites sensibles. Mais pour Nacéra, cette neutralité n'est qu'un leurre.

– Même s'ils prétendent qu'au contraire des flics, ils ne prennent pas parti dans cette guerre, c'est du *bullshit*. On fait semblant d'y croire, bien obligé, vu qu'on n'a pas les moyens de se battre sur tous les fronts, mais on sait qu'ils alimentent la Ligue en armes et en informations. Pas grave, nous aussi, on a nos filières. Et des soldats motivés.

Un groupe de miliciens en treillis nous dépasse au pas de course. Au coup de sifflet de leur instructeur – un Blanc d'environ trente-cinq ans, athlétique et plutôt beau gosse –, ils s'arrêtent dans une coordination parfaite et se mettent à ramper autour du bassin, avançant sur leurs coudes et leurs genoux en tenant à deux mains leur fusil qui maintenant n'a rien de factice. Le bonheur champêtre que j'ai éprouvé en sortant de la casemate appartient définitivement au passé.

Alors que nous contournons la fine fleur de la jeunesse combattante, Djénéba se retourne pour échanger un signe de tête avec l'instructeur, puis nous gravissons les quelques marches qui mènent au parking des fameuses tours gendarmesques ; une série d'immeubles de couleur crème hauts d'une douzaine d'étages. Nous arrivons au niveau du van ; deux infirmiers en blouse font rouler le brancard de notre prisonnier. Je m'approche et, impulsivement, lui prends la main tout en avançant à ses côtés. Il la serre, mon cœur s'accélère. Je sais qu'il a besoin de repos mais, plus que tout, je veux un signe. Savoir que, malgré les sévices, une conscience habite toujours ce corps et que nous allons réussir à la ramener dans le monde des vivants. Il ouvre grand les yeux, et murmure distinctement, « Maman ». C'est le cri de détresse le plus universel qui soit et ça me prend totalement par surprise. Affaibli par l'effort, il relâche ma main. Désarçonné, je reste planté là, laissant les soignants l'emmener vers le centre de santé. Je tente de rassembler mes pensées, mais Nacéra m'interrompt. Elle a quelque chose à me montrer.

– C'est ici que j'ai failli y passer, le 7 février. Fallait vraiment que je sois conne pour me lancer dans la mêlée alors que tout était joué. Je l'ai fait pour Françoise, l'avocate qui m'a sauvée de la prison après l'opération contre les patrons d'InGirum. Tu te souviens d'elle ? Le soir du jugement, elle était avec nous Chez Gilberte.

Je dois faire un effort pour quitter mes préoccupations et revenir à cette soirée. Un autre temps, une autre histoire, un autre moi. Mais notre sort à tous dépend de Nacéra, je n'ai pas le choix.

Sur le coup de 20 heures, elle avait débarqué avec sa bande de séquestreuses, une tripotée de potes, et leur avocate. Ivre de joie, Me Françoise de Koninck avait laissé au tribunal sa retenue. Elle sabrait des bouteilles de champagne, entraînait ses clientes dans une danse endiablée entre les tables et chantait à tue-tête. Grande, athlétique, une cascade de cheveux roux tombant sur ses épaules, on ne pouvait pas la rater. La soirée s'était poursuivie au Sanctuaire, alimentée par les cocktails de Sarah et les bédos de Tony. À 5 heures du matin, Françoise avait fini par déclarer que je l'emmerdais avec mon lieutenant Coulibaly, car elle détestait les flics depuis toujours. Quand elle était gamine, à Aubervilliers, les baqueux avaient tué le grand frère de sa meilleure amie sur le chemin de l'épicerie. Ils l'avaient prétendument pris pour un braqueur recherché et avaient confondu son téléphone portable avec un flingue. Comme d'habitude, leurs arguments bidon avaient suffi à obtenir un non-lieu. C'est ce jour-là, en voyant les visages dévastés des parents, qu'elle avait décidé de devenir avocate. Rien d'évident pour la fille d'une assistante maternelle. En arrivant à l'université Panthéon-Assas, elle avait vite appris à s'endurcir. Située face au jardin du Luxembourg, la fac était un fief historique de l'extrême droite. Elle avait fini son récit en m'expliquant que c'était là qu'elle avait forgé sa conscience de classe, « au contact des bourges et des fafs ».

Nacéra continue.

– Le 7 février, quand elle a su que les ligueurs arrivaient, elle a débarqué au Fort avec un flingue trouvé je ne sais où. En fin d'après-midi, la bataille était perdue pour les fachos mais il restait quelques miliciens isolés qui cherchaient la sortie. Soudain, venu de nulle part, l'un d'eux a tiré, Françoise s'est écroulée. Quand je l'ai vue à terre, ça m'a rendue dingue. Je l'ai confiée à des paramédics qui étaient tout près de nous, derrière un 4 x 4 cramé, j'ai dégainé mon Glock et je me suis lancé à la poursuite du ligueur. Cette merde a réussi à m'attirer dans la tour et moi, j'ai foncé. Il m'attendait sur le palier du septième étage. Il lui a suffi d'une manchette pour me faire lâcher le *gun* et d'une balayette pour m'expédier au sol. Mon crâne a heurté l'arête d'une marche, j'étais sonnée. Au moment où il levait son couteau, Djénéba a surgi et lui a tranché la gorge. En un seul mouvement, comme une combattante de *Ninja Vibe 3*. J'avais l'impression d'avoir été projetée dans une *MetArena* de Shenzhen, mais non, j'étais toujours à Aubervilliers. Le sang qui s'écoulait de la gorge béante du faf était aussi véridique que celui qui poissait mes cheveux.

Nacéra se retourne et sourit à sa sauveuse dont l'esprit est ailleurs, Djénéba suit Bakary du regard : il entre dans le bâtiment à la suite des infirmiers et de leur chargement. Après qu'il a disparu derrière la porte vitrée, elle continue de sourire d'un air enfantin en se grattant l'occiput à travers le tissu de son hijab. Un instant qui laisse entrevoir la jeune femme derrière la combattante. Prise dans les filets de l'histoire en train de se faire, soumise à une responsabilité écrasante, elle rêve quelques secondes d'être une personne normale. Ressentir, aimer, désirer. Redevenir humaine. La sous-commandante n'a rien perçu de cette fugacité. Elle poursuit.

– Dès la fin de la bataille, on a aménagé le hall de la tour A en hôpital de campagne. La première à avoir été opérée, c'est Françoise. Elle a survécu mais la balle a sectionné la moelle épinière. Elle est paralysée, putain !

C'était la meuf la plus sportive que je connaissais, une dingue de course à pied. Tous les matins, elle s'entraînait quarante-cinq minutes le long du canal, en vue du marathon de Paris. Je lui dois tout. Une accusation de séquestration, ça allait chercher dans les cinq ans fermes. Et maintenant, quoi ? Le reste de sa vie en fauteuil roulant. J'ai tellement la haine ! Et le fait de savoir que le bâtard qui lui a fait ça est mort ne m'apporte aucune consolation. Se venger, c'est comme aller chez McDo. Sur le coup, tu crois être satisfait mais après, t'as la gerbe. Alors ici, malgré tous les crimes commis par les fafs, on respecte la convention de Genève. Pas de mauvais traitements, pas de torture, pas d'exécutions extrajudiciaires. Quand les prisonniers sont retapés, on les échange contre les nôtres. S'ils le souhaitent, bien sûr. Votre Arnaud, par exemple, maintenant qu'il a fait son coming out musulman, je doute qu'il veuille retourner à Versailles. Enfin, on verra quand il se réveillera…

Nacéra prononce ces derniers mots d'un ton étrangement badin. Elle embraye, un peu trop enjouée.

– Des prisonniers, on n'en a pas reçu depuis longtemps, même les blessés de notre camp sont peu nombreux en ce moment. La plupart des fronts sont stabilisés, faut dire. À part l'attaque du 11e, on enregistre juste quelques escarmouches aux confins de l'Oise et de la Seine-et-Marne. Les gars s'ennuient, on leur dit de ne pas gaspiller les munitions, mais ils finissent toujours par se balancer des obus de mortier ou tirer quelques rafales un peu au hasard. Les autres ripostent et ça fait des morts ou des blessés. C'est triste mais ça ne changera pas le cours du conflit et, le plus souvent, ça ne fait pas de dégâts chez les civils. La zone qui nous inquiète, en revanche, c'est l'enclave de Trappes. Les gouvernementaux ont laissé les ligueurs des Yvelines – qui se sont judicieusement nommés les Versaillais – encercler la ville. Si on a de la chance, on pourra négocier un corridor humanitaire pour évacuer les femmes et les enfants de moins de quinze ans, et c'est tout. Ça risque de se terminer en bain de sang mais ils sont trop loin de nos bases, on ne peut rien faire pour eux.

Je réfléchis à ce que vient de dire Nacéra. Depuis qu'au milieu des années 2010, des dizaines de gamins de la ville avaient rejoint l'État islamique en Syrie, Trappes en était venue à symboliser pour une partie non négligeable des médias et des politiciens l'ennemi intérieur. Plutôt que de s'interroger sur ce qui avait pu pousser tant de jeunes Français à aller mourir à des milliers de kilomètres de chez eux, plutôt que de se demander comment on pouvait laisser perdurer une telle enclave de pauvreté au milieu d'un des départements les plus riches de France, on avait préféré s'en prendre aux habitants, à leurs origines et à leur religion. Ah ces musulmans, on n'arriverait jamais à rien avec eux ! L'ironie de l'histoire est que dès le début de la Situation, les Trappistes ont fait le ménage. Ils ont donné trois heures aux apprentis djihadistes pour aller se faire voir ailleurs – en l'occurrence à Sartrouville, aussi regrettable que cela soit pour les habitants de cette ville – ; enfin, ils allaient se libérer de leur malédiction et montrer au reste du pays qu'ils étaient une paisible bourgade de gauche comme les autres. Mais les Versaillais ont décidé de liquider définitivement « le foyer principal du cancer salafiste » pour reprendre la terminologie de la Ligue, et le président Humbert a choisi de les laisser réaliser leur sombre dessein. Quant au Front uni, les paroles de Nacéra sont claires, il se déclare impuissant à sauver Trappes et ses habitants.

La porte vitrée du hall s'ouvre sur Bakary et c'est comme une bouffée d'air frais. Arrivé à trois pas de la sous-commandante, il s'arrête, droit comme un I, tel un soldat au rapport. Djénéba le détaille.

– Tout est sous contrôle, le médecin de garde lui a trouvé une chambre individuelle. Il l'a remis sous propofol et a commencé à lui faire les points de suture dont il a besoin. Les aides-soignants vont le laver et demain matin commencera le processus de réveil. On saura alors dans quel état il est.

– Il ne vous reste plus qu'à rejoindre vos quartiers. Djénéba, tu peux les accompagner à la tour B ?

Nacéra disparaît. Chez InGirum, elle était connue pour sa signature, un sourire de chat. Éphémère, fugitif, aussi difficile à attraper qu'un pompon au manège quand l'employé a décidé que t'as beau avoir sept ans et un grand sourire, il s'en tape grave, tu ne le choperas pas. Quand par miracle on arrivait à cliquer dessus, on gagnait sept vies et toutes sortes d'armes trop stylées. Erwan était persuadé qu'à ses moments perdus, Nacéra se connectait au jeu et s'amusait à narguer les joueurs trop sûrs d'eux en faisant apparaître et disparaître des sourires de chat sous leur nez pour les déconcentrer, et laissait les joueurs plus faibles l'attraper. À chaque fois qu'il lui avait demandé de confirmer son intuition, elle avait toujours botté en touche mais la réponse ne faisait aucun doute. Dans l'un de ses discours, elle racontait comment sa mère, caissière chez Auchan, s'était fait licencier pour faute grave, car elle avait refusé de dénoncer une collègue qui avait volé une brique de lait écrémé. C'était là qu'elle faisait remonter l'origine de sa colère contre le capitalisme en général et les DRH en particulier. « Nos pires ennemis, ce sont les chiens de garde du système. C'est sur leurs épaules que tout repose, une fois éliminés, il ne restera personne pour protéger les patrons ! »

9

On nous attribue un F3 au douzième étage. Sac sur l'épaule, on entame l'ascension, précédé par Djénéba.

– L'ascenseur est HS. Paraît que c'est idéal pour le cœur. Et puis la vue, là-haut, ça vous fera tout oublier.

Au début, on ne voit qu'un terrain de foot et des tombes, rien d'élégiaque. Mais au fur et à mesure, on découvre le Centre Pompidou, les tours Eiffel et Montparnasse, autant de monuments situés en territoire gouvernemental. Je me demande quand j'y retournerai. Le souffle court, j'arrive bien après les autres. La porte de droite est ouverte sur une pièce à vivre orientée plein est. J'entre et me poste à la fenêtre. En plissant les yeux, je distingue au loin les forêts et les champs de Seine-et-Marne. Même si je sais que ces bouts de nature se trouvent près du front, ça me fait du bien de constater que malgré les horreurs de ces derniers mois, la campagne est toujours là, presque à portée de main. Tout sourire, Bakary s'approche de moi.

– On t'a réservé la meilleure chambre. Lit double, matelas à mémoire de forme. D'après Djénéba, les locataires venaient de changer le mobilier quand ils… Enfin… quand ils sont partis.

Debout devant le plan de travail, Tony met de l'eau à bouillir et entreprend d'explorer les placards. Ça va vite, il n'y a rien. Il sort de sa sacoche en cuir son kit de survie : des gobelets, des doses de Nescafé et un tube de lait concentré sucré. Nous nous asseyons à table où il nous sert très cérémonieusement nos quatre *cortados*. J'ai toujours professé une détestation du café lyophilisé, mais celui-ci me paraît absolument délicieux.

La salle à manger est lumineuse, propre, bien rangée, on dirait un appartement témoin. Nous nous taisons, heureux de profiter du moment. Djénéba croise le regard de Bakary avant de se lancer dans une série d'explications sur le fonctionnement du Fort : à partir de maintenant et tant que nous séjournons ici, nous sommes soumis à la discipline ewok. Il faut traiter les membres des autres milices avec courtoisie mais en aucun cas leur obéir. Si un problème devait se poser, nous devrions l'appeler immédiatement.

Elle se lève, fait trois pas vers la porte, s'arrête et revient vers moi.

– J'ai une question à te poser.

– Vas-y.

– C'est vrai, ce que tu as raconté sur le prisonnier ? L'histoire de la *chahada* et le reste ?

– Oui, pourquoi ?

– Parce que, s'il est musulman, c'est mon devoir de croyante de le protéger.

– Et tu penses qu'il n'est pas en sécurité ?

– Il y a un truc qui tourne dans ma tête depuis tout à l'heure. Un truc que Nacéra a dit.

– Un truc ?

– Elle a dit que la présence d'Arnaud était dangereuse parce que c'est un converti. Mais des convertis, il y en a dans chaque milice, et tout le monde s'en fiche. On est en Seine-Saint-Denis, beaucoup de gens sont croyants, d'accord, mais s'ils devaient s'entretuer dès qu'un ami, un frère ou une cousine change de religion, le département serait dépeuplé.

– Pourquoi Nacéra serait allée inventer que la présence d'un converti au Fort risque de mettre le feu aux poudres ?

– À cause de Grégoire Carat. Le patron des Affaires internes. Apparemment, vous avez eu une embrouille avec sa meuf et ça ne lui a pas plu. Il a fourni à Nacéra le premier prétexte qu'il a trouvé pour en faire un indésirable.

Tony l'interrompt.

– Attends. Le type qui dirige les AI c'est le mec de Virginie Fortin ?

Me sentant largué, Tony m'explique qu'il s'agit du service le plus secret et le plus puissant du Front uni. Tous choisis parmi les wokistes, ses agents s'occupent aussi bien d'espionnage que de stratégie militaire. Les médias en parlent peu mais sur des forums de hackers, ces derniers temps, des infos ont fuité : au fort d'Aubervilliers, le boss des Affaires internes – un certain « Lvov » – préparerait un coup de force. Djénéba confirme qu'il s'agit bien du nom de code de Carat et que ses ambitions sont sans limites.

– Grégoire se voit comme le seul vrai révolutionnaire du mouvement. Comme tout le monde, j'ai dû suivre ses cours d'orientation politique. Ce type est obsessionnel. Il peut te citer sans la moindre fausse note les classiques de la guerre insurrectionnelle, de Trotsky à Che Guevara en passant par Mao. Pour lui, Nacéra est une tiède. Ça ne lui a pas plu qu'elle décide de vous accueillir alors que vous vous êtes opposés à Fortin. Il l'a appelée dès votre arrivée pour lui faire comprendre qu'elle avait fait une connerie et je ne le vois pas s'en tenir à ça. Je pense qu'il ne faut pas qu'Arnaud soit seul. Bakary, je te raccompagne jusqu'à sa chambre, tu resteras avec lui jusqu'à midi. Ensuite Tony, tu le remplaceras. Essaie de dormir un peu entre-temps.

Djénéba se lève et sort de l'appartement. Elle a pris le contrôle de la situation. Avant de la suivre, Bakary dépose sur la table une boîte d'allumettes et un trousseau de clés.

– Tout à l'heure, avant de laisser Arnaud dans sa chambre, je lui ai fait les poches. Il n'a presque rien mais, je ne sais pas, ça peut toujours être utile.

Tony examine les maigres possessions du ligueur. Il me tend la boîte d'allumettes : une pub y figure. Sur la photo d'un narguilé dans un nuage de fumée, on peut lire : *Le 190 – chicha and chill.* Tony tapote sur son écran.

– J'ai trouvé ! Un bar à Trappes. Regarde, ils ont un Pixelfed !

– Un quoi ?

– Excuse-moi, j'oublie toujours que tu es de la génération Facebook. C'est comme Insta mais version web décentralisé.

– Technologie *blockchain* et compagnie. Je sais, tu me l'as expliqué mille fois et Daphné aussi. Je sais même que c'est devenu très populaire depuis le début de la guerre. Tu ne peux pas imaginer le soulagement que ça a été de ne pas prendre ce tournant technologique et de décrocher des réseaux !

– Ça, c'est toi qui me l'as raconté mille fois. Au lieu de radoter, viens jeter un coup d'œil.

Tony fait défiler les photos d'une chicha tout ce qu'il y a de plus classique. Tapas, *dancefloor*, boissons de toutes les couleurs. La clientèle – des Noirs, des Arabes, des Blancs – est composée de trentenaires sexy et plutôt chics. Soudain, sur un cliché datant de juin dernier, on les reconnaît : Arnaud et la jeune femme du pendentif. Ils sont rayonnants, ils se tiennent par la main et sourient à l'objectif. Il n'est pas tagué sur la photo mais elle si. *Soraya Tanjaoui, Trappes, 25 ans*. J'en avais trois de plus quand j'ai rencontré Florence. Il faisait beau, place de l'Alma ce 6 septembre 1997. Alors qu'à Londres, on enterrait Lady Diana, j'étais là pour poser des questions aux Parisiens venus lui rendre hommage au-dessus du tunnel où elle était morte une semaine plus tôt. Je ne sais plus trop si c'était pour *France Dimanche*, *Ici Paris* ou *VSD*, mais je ne me souviens de l'éclat de rire de cette fille solaire quand je lui avais demandé ce qu'elle avait ressenti en apprenant la mort de la princesse. Sa réponse : « Strictement rien. » Elle sortait juste de chez son agent avenue Montaigne et la curiosité l'avait poussée à venir voir. J'ai pris congé du photographe, on a marché jusqu'aux Tuileries, bu un café chez Ragueneau, et on ne s'est plus jamais quittés. Jusqu'à ce que la mort nous sépare. Et elle l'avait fait, cette vieille carne.

Je détaille à nouveau la photo. Trente-trois ans plus tard, c'est à leur tour d'être heureux. Je ne sais rien des conditions de leur rencontre, je sais juste qu'ils s'aiment et qu'ils n'ont pas la chance que nous avons eue, Florence et moi, de vivre notre jeunesse en temps de paix. Alors, si je ne peux accomplir qu'une seule chose au milieu de cette guerre, que ce soit celle-ci : rendre à Arnaud et Soraya le bonheur qui leur revient. Maintenant qu'il dispose de son nom, il suffit de quelques minutes à Tony pour découvrir les infos essentielles : Soraya est domiciliée rue Gérard-Philippe à Trappes et que jusqu'à son départ en congé maternité le 1er février 2030, elle était interne en gériatrie au centre hospitalier de Versailles. Le 15 mars, elle a donné naissance à l'hôpital de sa ville au petit Ilyas Tanjaoui. Arnaud était coincé de l'autre côté de la ligne de front et elle savait que la famille paternelle de son fils le haïrait par principe si par malheur elle apprenait son existence. Comme on pouvait s'y attendre, l'acte de naissance ne fait aucune mention du père.

Tony passe maintenant la photo d'Arnaud dans un logiciel de reconnaissance faciale. Il apparaît d'abord sur le site de l'école de paysagistes de Jouy-en-Josas d'où il est ressorti avec un bachelor de concepteur-designer d'espaces extérieurs. Son nom de famille est Fontaine, il est alors âgé de vingt-deux ans et est domicilié avec ses parents dans le quartier Saint-Louis à Versailles, à deux pas du potager du Roi. Glissant d'un site à l'autre, Tony aspire autant d'infos que possible. Dans le désordre : son permis de conduire (moto et voiture) ; ses bulletins scolaires de l'école Bernard-de-Clairvaux, un établissement catholique hors contrat ; une vieille carte de membre des scouts traditionalistes ; son abonnement au stand de tir de Versailles et une photo prise enfant à un défilé de la Manif pour tous. Il arbore fièrement le tee-shirt iconique du mouvement, avec les silhouettes stylisées d'une famille hétéro des années 1960. Tony se mord la lèvre, je reconnais le geste que je lui voyais faire à l'époque où, installé dans l'ancienne chambre de Daphné, il passait ses nuits à perturber le fonctionnement de systèmes de vidéosurveillance birmans ou à opérer des ponctions sur les comptes offshore de lobbyistes bruxellois. Il circule à toute vitesse entre les pages et finit par souffler « *Yes !* » entre ses dents avant d'ajouter « mais bon, faut pas s'attarder ». Du web interne de la Ligue française, il virevolte jusqu'à plusieurs serveurs de messagerie privée avant de se déconnecter.

Grâce à sa moisson, nous apprenons quatre choses. Premièrement : Arnaud fait bien partie du Groupe de Choc, la formation responsable de l'attaque de Chez Gilberte et de la Fourmi Électrique ; deuxièmement : son frère aîné est le commandant de cette unité mais il n'était pas sur le terrain ce jour-là ; troisièmement : leur père, Christophe Fontaine, est l'une des figures publiques de la Ligue. Tony et moi poussons un sifflement en découvrant son visage (depuis le début de la décennie, qu'il s'agisse d'avortement ou de lutte contre l'islamisation, ce catholique intégriste est un habitué des plateaux télé). Et *last but not least*, il ressort d'une série de messages entre le frère et le père d'Arnaud que le cadet des Fontaine n'était pas censé revenir vivant de cette opération. Un autre membre du commando devait profiter du chaos pour le liquider, mais sans doute a-t-il été lui-même tué trop tôt pour pouvoir accomplir sa mission. À cause de son lien avec une musulmane, Arnaud est le canard boiteux de la famille. Pour que les Fontaine père et fils puissent poursuivre leur ascension au sein de la Ligue française, l'élément perturbateur doit disparaître. Tony me dévisage d'un air consterné.

– Putain, mais c'est l'horreur, sa famille ! On se croirait dans *Le Parrain* ou chez les Borgia. Quel genre de personne peut sereinement imaginer de tuer son fils ou son frère, juste pour acquérir encore plus de pouvoir ?

– L'horreur, oui…

J'ai envie de rappeler Soraya. Tony grimace.

– T'as pas compris ? Elle est à Trappes, l'endroit le plus dangereux du pays en ce moment.

– Justement.

Le regard qu'il me jette ressemble à celui que l'on réserve aux cas désespérés.

– Les Versaillais ont massé dix mille combattants autour de la ville. Hier, ils ont réussi à enfoncer les défenses des Trappistes au Sud-Est et à traverser la voie ferrée. Je vois pas comment on va la sortir de là…

– Tu peux mettre ton appli magique, s'il te plaît ?

La jeune femme répond immédiatement. Derrière elle, on entend des voix et, à l'arrière-plan, des bruits sourds, irréguliers.

– Allô.

– Bonjour Soraya, c'est encore Kamel, vous vous souvenez ?

– Je me souviens, oui.

– Nous avons quitté Paris avec votre conjoint.

– C'est vrai ? Vous avez réussi ?

– Pour le moment, il dort. Il est sédaté. C'est trop tôt pour avoir un diagnostic.

– Où est-ce que vous êtes ?

– Nous sommes au fort d'Aubervilliers.

– Il est libre alors ?

– Libre, c'est beaucoup dire, mais il ne subira plus de mauvais traitements. Dès qu'il se réveillera et pourra nous raconter ce qui s'est passé, on fera le maximum pour régler sa situation. Je peux vous poser une question ?

– Oui.

– Vous êtes à Trappes ?

– Comment vous savez ça ?

Sa voix est lasse. C'est terrible, comme sa voix est lasse.

– Nous avons appris des choses depuis notre dernière conversation. Sur vous, sur Arnaud.

– Qu'est-ce que vous croyez savoir au juste ?

– En juin dernier, au 190, vous étiez heureux tous les deux. Une interne en médecine de Trappes et un paysagiste de Versailles, l'avenir vous appartenait. Impossible d'imaginer que quelques mois plus tard, vous alliez devoir accoucher seule parce qu'une ligne de front infranchissable se serait dressée entre vous. Ce que vous aviez compris depuis longtemps, en revanche, c'est que sa famille de cathos tradis ne vous accepterait jamais.

– Quelqu'un vous a parlé ?

– Mon ami Tony est très doué pour faire parler la toile. Pour le reste, il suffit parfois d'additionner deux et deux. Ou de pirater des conversations privées.

– Vous m'avez espionnée ?

– Pas vous, non. Vous savez qu'Arnaud ne s'est pas retrouvé par hasard dans cette mission suicide en plein territoire wokiste ?

– Qu'est-ce que vous voulez dire ?

– Il n'était pas censé survivre mais quelque chose a déraillé.

– Il avait peur de sa famille. Juste après le déclenchement de la guerre, il a essayé de s'échapper et ils l'ont rattrapé. Depuis ce moment, il était surveillé en permanence.

Elle se tait avant de reprendre.

– Tout ça n'a plus d'importance. Oui, je suis à Trappes. Les Versaillais sont tout autour de nous. À Montigny, à Bois-d'Arcy, à Magny-les-Hameaux.

Elle se tait.

– Écoutez.

Je distingue plus nettement maintenant les bruits sourds derrière elle.

– Jusque-là les bombardements étaient sporadiques mais il y a dix jours, la gendarmerie les a laissés occuper leur position sur la colline d'Élancourt. Depuis ce moment, ça n'arrête pas. Il y a des immeubles détruits dans toute la ville. On n'arrive pas à enterrer les morts de peur de recevoir une pluie d'obus de mortier. Les chambres froides débordent. Plus personne ne peut entrer ou sortir de Trappes. Les vivres commencent à manquer, les médicaments aussi. Je passe mon temps à tenter de sauver des blessés dans un hôpital de fortune. Je n'arrive plus à allaiter Ilyas et les stocks de lait infantile diminuent à vue d'œil. Il est avec ma famille dans un abri souterrain. Les Versaillais prétendent qu'un convoi va transporter les femmes et les enfants dans une zone neutre mais à quoi bon ? Et puis, je suis médecin, ma place est ici, avec ceux qui ont besoin de moi.

– L'évacuation est prévue pour quand ?

– Aucune idée. Un envoyé spécial du Comité international de la Croix-Rouge est en *stand-by* à l'aéroport de Villacoublay. La Ligue ne le laisse pas venir jusqu'à la ligne de front pour superviser l'opération. En attendant, je suis censée m'inscrire sur une liste mais je n'y arrive pas. Imaginer que je pourrais partir et laisser ici mes frères, c'est insupportable.

Tony me regarde en secouant la tête et en se passant le pouce sur la gorge, en mode mafieux.

– N'inscrivez vos noms nulle part. Nous allons reprendre contact avec vous. En attendant, restez à l'abri.

– Je veux parler à Arnaud quand il se réveillera.

Et elle raccroche. Tony replie l'écran et se dirige vers sa chambre. Inutile d'épiloguer. Dormir devient urgent.

En quelques heures, ma vie a basculé. Elle était bouleversée depuis trois mois par la Situation, depuis quatre jours par l'attaque. Mais l'exfiltration m'a fait franchir une étape. Comme si, en sortant de mon quartier, en franchissant le périph, j'étais pour la première fois mis face à la fragilité de mon existence. À la nécessité d'en reprendre le contrôle. Nacéra a raison, il a fallu une guerre civile pour ranimer quelque chose en moi. J'ai du mal à me dire que c'est une bonne chose.

Depuis ma chambre, j'entends encore la rumeur des entraînements. Je devrais être heureux qu'autant de jeunes soient prêts à aller se battre contre ces enfoirés de suprémacistes mais non, je me sens triste. Des images, des images, des images. Une fois de plus, le sommeil se refuse à moi. Éminé, Sarah, le sang qui coule, le zoo, Florence immobile sur la scène de la Fourmi Électrique, le tunnel, les barrages, les éclairs, l'*upside down,* les miliciens à l'entrée du Fort. Tout se mélange et se recompose comme dans un kaléidoscope effrayant ou la bande-annonce d'un film d'horreur. Je me tourne, me retourne. Côté, dos, ventre. Une jambe repliée, l'autre qui va chercher le coin du lit. Drap sur la tête, drap sur la poitrine, téton qui gratte. Impossible de penser à autre chose. Je me lève pour aller tirer les rideaux mais ils ne sont pas occultants. Je me débats depuis vingt minutes ou trois heures, je ne sais pas. Je voudrais demander à Tony de rouler un joint mais il doit dormir. En dernier recours, j'attrape mon téléphone et mets en marche *Shanti shanti*, l'application de méditation que Daphné m'a téléchargée de force il y a des mois et que je n'ai jamais utilisée. Je lance « Tanka, haïku, poétesses de toujours », le programme qu'elle m'a recommandé.

Une voix féminine m'enjoint de garder le dos droit et de me concentrer sur ma respiration. Les pensées peuvent voler autour de moi, il faut juste les empêcher d'atterrir. Quelques notes de cithare, un silence qui dure, puis la voix reprend avec un savant mélange de bienveillance et de neutralité : « L'année se termine / et la vieillesse vient / au bruit du vent / qui dans la nuit fait rage je sens mon cœur ravagé. » En d'autres circonstances, cela aurait pu me déprimer, mais d'imaginer une noble dame de Kyoto penser avec mélancolie à la vieillesse et à la mort m'apaise.

Ne pas laisser les pensées se poser, rester concentré.

Respirer

Respirer

Respirer

10

Suspendu dans l'éther, je contemple la voûte étoilée. Peut-être suis-je devenu une créature céleste, comme dans ce vieux film allemand dans lequel des messagers divins volaient au-dessus de Berlin, écoutant les pensées des gens, petites ou grandes. Le désir, le deuil, la vie quotidienne, le bruit des ondes cérébrales mélangées. Mais non, je suis toujours allongé sur un lit de la Tour des Gendarmes à Aubervilliers le 19 mai 2030. Je me dis que si les anges ne se sont pas fatigués de nous, ils doivent s'amuser à franchir les lignes entre les camps, à comparer les pensées des habitants des territoires tenus par l'une ou l'autre des milices qui se partagent la France meurtrie. Des listes de courses, des amours déçues, des plans d'avenir contrariés, de la peur surtout. Une angoisse compacte ; le départ d'un fils qui s'engage, le silence de l'amante dont on n'a plus de nouvelles depuis des jours, la nécessité de traverser un barrage car une mère est hospitalisée en territoire ennemi. Comment donner sens à un monde qui marche sur la tête ? Comment comprendre que l'argent circule encore, que les opérateurs de téléphonie et d'internet fonctionnent comme si de rien n'était tant qu'on oublie pas de les payer ? Chaque jour, les gens sont tenus de trouver une réponse à ces questions et moi, je me les pose en regardant au plafond des étoiles phosphorescentes.

Peu après la mort de Florence, j'avais acheté les mêmes décorations lumineuses *glow in the dark* chez Hema. Alors que Daphné était en classe, je les avais collées au-dessus de son lit. Quand elle s'était couchée, et que j'avais éteint la lumière, elle avait vu la myriade d'étoiles briller et avait ouvert toute grande la bouche ; ça m'avait fait oublier tout le reste. Quelques années plus tard, elle les avait recouvertes de stickers Thrasher, la marque fétiche des *riders*. J'avais compris à ce moment-là que j'avais perdu le don de la faire sourire. C'était dur à encaisser mais quand elle partait avec ses copines mater les skaters place de la République, je me disais que je ne m'en étais pas si mal tiré. Elle avait les préoccupations superficielles de n'importe quelle ado, elle était capable de se passionner pour un clash entre deux stars de téléréalité, d'être émue par la naissance d'une idylle entre une youtubeuse beauté et un gamer ou de faire la queue pendant quarante minutes pour commander un *bubble tea* et un *wheel cake* taïwanais. Le fait même que son univers soit constitué de choses qui m'échappaient ou m'effaraient signifiait que je ne l'avais pas entièrement bousillée avec ma tristesse. Florence m'avait donné le goût de la vie et puis elle était partie avec. Le bonheur qu'elle savait attraper par poignées me glissait entre les doigts, alors, avec Daphné, je m'y étais pris scientifiquement, posant des questions aux mamans à la sortie de l'école, lisant des pages et des pages en ligne pour connaître les trucs à faire, les machins à acheter. Mais ma patience avait ses limites, le résultat était imparfait. Les étoiles lumineuses, je les avais posées au hasard, dessinant une galaxie tout à fait imaginaire. Rien à voir avec ce que je contemplais lors des nuits chaudes de juillet, il y a plus de cinquante ans, quand je m'allongeais dans le pré derrière le potager de ma grand-mère à Luchon. C'était mon moment préféré des vacances : pas de pollution lumineuse, juste le ciel, les étoiles et moi. Durant quelques heures, je ne faisais qu'un avec l'univers. Souvent, ma tante Pauline s'allongeait à mon côté. Elle travaillait aux thermes et, au contraire de ma mère qui était depuis toujours en colère contre le monde entier, elle aimait sa vie. Elle n'avait pas d'enfant mais un amant pour chaque partie de l'année. L'hiver, elle fréquentait un prof de ski espagnol qui arrivait dès les premières neiges et repartait au moment du dégel, pour être remplacé par un oto-rhino-laryngologiste parisien qui exerçait ses talents de mai à septembre dans la ville thermale au charme suranné. Passionnée d'astrologie, Pauline connaissait sur le bout des doigts les constellations mais malgré tous ses efforts pour me transmettre son savoir, je ne suis jamais parvenu à en mémoriser plus de deux : la Grande et la Petite Ourse.

Dans la chambre du douzième étage, la voie lactée continue de me regarder : quel genre d'adulte peut bien coller un planétarium au-dessus de son lit ? Un frisson me parcourt en repensant à la manière dont Bakary a dit « quand ils sont partis » en parlant des anciens occupants de l'appartement. Je sais qu'ils n'ont pas survécu à l'attaque des fachos. Nous sommes réfugiés chez eux, la moindre des choses est d'apprendre à les connaître. Je cherche des réponses au niveau du bureau. Tous les tiroirs sont vides, à l'exception de celui du bas où je découvre un paquet de copies doubles perforées. Il s'agit d'un devoir sur table de physique-chimie. Les états de la matière, l'organisation des molécules, des trucs comme ça. Allant de cinq à dix-neuf, ces résultats n'apparaîtront jamais dans l'appli de gestion des notes des élèves de quatrième 3. Au milieu des copies, je découvre une lettre du rectorat de Créteil datée du 3 février informant *Mesdames Anne-Laure Segura et Mireille Mpiana, respectivement professeur de physique-chimie et de sciences de la vie et de la Terre au collège Rosa-Luxembourg d'Aubervilliers, que leur demande de subvention pour un voyage nature et sciences incluant un séjour au parc national des Pyrénées et une visite à l'observatoire du pic du Midi a été acceptée.* Le départ était prévu pour le 8 mai. Si la guerre n'avait pas éclaté, Anne-Laure serait en ce moment même à l'autre bout du pays à observer *in real life* les étoiles. Je devrais penser à elle au passé, mais je n'y arrive pas. Comment accepter la mort d'une personne dont on vient tout juste de faire la connaissance ?

En allant me servir un verre d'eau à la cuisine, je vois Bakary endormi sur le canapé du salon. Il fait nuit, cela signifie qu'il a déjà dû effectuer deux tours de garde au chevet d'Arnaud et que c'est Tony qui se trouve là-bas en ce moment. Dans l'autre chambre, deux lits se font face. Sur le mur de droite, Sissi Taylor, la célèbre sprinteuse libérienne, lève les bras en signe de victoire lors de son quatre cents mètres historique aux JO de Los Angeles il y a deux ans. Face à elle, Ahmed BMX, le rappeur de Trappes, micro en main, tee-shirt trempé de sueur, semble lui faire un clin d'œil. Dans un coin de la pièce, des livres de classe niveaux cinquième et seconde sont empilés. Les étiquettes autocollantes m'apprennent que la grande s'appelle Anita Segura et le petit Djibril Segura-Dicko. Je revois Daphné au collège, Daphné au lycée. Le moment à partir duquel je n'ai plus rien compris à ses cours de maths, le moment où elle n'a plus voulu que je l'aide en français. Une boule se forme dans ma gorge. Ces enfants avaient la vie devant eux. Sur le mur du fond, une photo. Entourée d'Anita et Djibril, Anne-Laure Segura pose avec fierté devant des plants de tomates dans un jardin entre les tours et le cimetière de Pantin. Ce F3 est un mausolée à la mémoire de trois martyrs du fort d'Aubervilliers. Je sors de l'appartement. Une fois que je me serai dégourdi les jambes, j'irai rendre visite à Tony et prendre des nouvelles d'Arnaud.

La nuit est douce. Des miliciens sont assis par petits groupes sur les pelouses. Ils discutent, jouent de la guitare, fument des clopes et boivent des bières. Ils mourront peut-être la semaine prochaine mais pour l'instant, ils sont vivants et ont bien l'intention d'en profiter. Le plus âgé d'entre eux a au moins quarante ans de moins que moi. Un extrême sentiment de solitude me serre la poitrine. Je cherche un endroit où m'asseoir à distance des autres. Me faire oublier, disparaître, laisser la place aux générations nouvelles. Celles qui n'ont d'autre choix que d'accepter le monde tel qu'il est, son fascisme, ses guerres civiles, ses trente-cinq degrés dès le mois de mai. Tiens, ici, je serai bien, il n'y a personne. Ah si, zut, un couple s'embrasse avec passion. Un peu honteux, je rebrousse chemin et me retrouve dans une allée déserte. Peut-être est-ce tout ce qui me reste à faire : disparaître dans la nuit. Qui me regretterait ? Pour contrer ces idées noires, je convoque l'image de Soraya et Arnaud à la chicha. Le bonheur simple que je me suis promis de sauver en dépit du bon sens. À partir de maintenant, ce sera mon antidote mental.

Ronde, chaleureuse, précise, une voix me sort de mes pensées. Elle appartient à un homme d'âge moyen au visage sympathique disant s'appeler Romuald et être envoyé par le pasteur Joseph qui aimerait me recevoir dans sa tente. Aurais-je l'amabilité de le suivre ? Malgré mes demandes réitérées, il refuse poliment de m'en dire plus. Je finis par obtempérer, bizarrement émoustillé à l'idée de rencontrer en pleine nuit un de ces dangereux prédicateurs dont parlait Nacéra tout à l'heure.

Nous arrivons bientôt en vue d'une tente de type médiéval surmontée d'un fanion dont je ne distingue pas les couleurs. Devant l'entrée, un groupe de fidèles en discussion s'écartent pour nous laisser passer. Des fauteuils sont répartis en arc de cercle autour d'un lutrin supportant un livre ouvert. À quelques pas de là, un homme d'une cinquantaine d'années étudie avec concentration une série de cartes posées sur une table recouverte de feutre vert. Il finit par pousser un soupir et se tourne vers nous.

– Monsieur Kassim, soyez le bienvenu ! Je suis si heureux de vous voir. Approchez, je vous en prie.

Mes pieds s'enfoncent dans un tapis en laine excessivement moelleux. Les adeptes doivent ressortir d'ici avec la certitude qu'ils marchent dans les pas du Très-Haut et que leurs prières, à n'en pas douter, seront exaucées.

– Je peux vous poser une question ? Ça va vous paraître stupide, mais je me lance : vous vous y connaissez en réussites ?

– Non. La dernière fois que j'y ai joué, c'était avec ma grand-mère et j'avais douze ans. Je vous laisse faire le calcul.

– Parfait ! Vous êtes innocent, rien ne va vous influencer. Alors, dites-moi, laquelle retourneriez-vous ?

– Désolé, mais, vraiment…

– Ne réfléchissez pas, désignez-en une au hasard.

Je pointe du doigt la carte la plus proche de moi. C'est un valet de cœur.

– Excellent !

Il positionne la figure sur la ligne du haut, à la place d'un dix de trèfle, ça lui arrache un petit cri de joie, et en quelques secondes, avec trois autres changements, il achève la réussite. Un as de trèfle en main, il exulte.

– Vous avez la baraka, mon cher Kamel. Je peux vous appeler Kamel ?

– Vous m'avez envoyé un de vos hommes sans que je sache pourquoi, vous me faites faire des réussites comme quand j'étais enfant, je pense que l'on n'en est plus à ça près.

– Je vous prie de m'excuser.

– Ne vous inquiétez pas, j'étais en train d'errer en pleine crise existentielle.

Il me regarde, incrédule, et se dirige vers le livre posé sur le lutrin.

– C'est fantastique, à peine croyable.

Il lit en remuant silencieusement les lèvres avant de s'interrompre et de me fixer, toujours aussi stupéfait.

– La bible était ouverte sur ce passage : *Car vous étiez comme des brebis errantes. Mais maintenant vous êtes retournés vers le pasteur et le gardien de vos âmes.* Pierre 2:25 ! Toute la soirée, j'ai médité en vain sur ce passage pour écrire mon sermon de demain. Rien ne venait, j'étais sec, aucune inspiration, Dieu ne me parlait plus. Et, croyez-moi, Kamel, il n'y a rien de plus douloureux ! Et puis je me suis souvenu qu'un de mes fidèles m'avait annoncé votre présence au Fort et j'ai envoyé Romuald vous chercher. Il a mis un temps fou à vous trouver et en attendant, je me suis mis à faire cette réussite. Maintenant je comprends pourquoi ! Perdu dans ce dédale, vous étiez une brebis errante, comme celle de l'Évangile. Une brebis attendant un signe de son Seigneur ! Vous êtes arrivé, vous m'avez indiqué la carte que je devais retourner, car moi aussi, j'étais une brebis errante, nous nous attendions l'un l'autre, en quelque sorte. C'est un signe, vous comprenez, un signe ! Ah, Kamel, il n'y a pas de hasard, non, pas de hasard en ce monde.

En n'importe quel autre moment de ma vie, j'aurais pris le pasteur pour un illuminé. Une carte retournée, un mot identique à un passage de la Bible, et me voilà impliqué dans un grand dessein divin. Mais depuis que j'ai récité la *chahada* dans une geôle wokiste, qui suis-je pour juger le pasteur Joseph et son interprétation de la manière dont Dieu se manifeste à nous ? J'aimerais juste connaître les raisons qui l'ont poussé à me convoquer.

– Pasteur, je n'ai pas bien compris pourquoi…

– Ah oui, pardonnez-moi. Figurez-vous que j'adore les romans policiers. Ma femme a tenté de m'en guérir, surtout depuis que j'ai embrassé la foi, mais il m'est impossible d'y renoncer. Je ne bois pas, je ne fume pas, je ne joue pas mais je lis des polars. On peut trouver pire comme addiction. J'ai lu tous vos livres. Dans une autre vie, j'aurais aimé être comme le lieutenant Coulibaly. Enquêter, résoudre des mystères, mettre les méchants en prison. Mais j'ai emprunté une autre voie. Quand j'ai su que vous étiez au Fort, je n'ai pas voulu rater l'occasion de vous rencontrer. Je peux vous faire dédicacer *La Malédiction de Samory* ? J'adore ce roman. Votre historien burkinabé y est plus vrai que nature. Un cousin de mon épouse était prof d'histoire au lycée de Ouahigouya, il ressemblait à votre personnage… Toujours à disserter sur l'Afrique au temps des grands empires. Malheureusement, il a été tué lors d'une attaque djihadiste au début des années 2020. C'est là que Simone a commencé à fréquenter une église évangélique. J'étais infirmier à l'hôpital Avicenne, à Bobigny. Je venais d'une famille catholique, je croyais en Dieu mais la messe m'ennuyait tellement que j'ai fini par flirter avec l'islam. Un collègue marocain m'a expliqué les cinq piliers, l'égalité de tous devant le Tout-Puissant. Ça me parlait. Si le cousin de ma femme n'avait pas été tué, je me serais peut-être converti. Mais pour elle, l'islam était devenu la religion de l'ennemi. Alors, je l'ai suivie dans sa nouvelle église et dès le premier dimanche, l'Esprit saint est descendu en moi. Le pasteur l'a vu, il m'a fait monter sur scène. Quinze jours plus tard, j'ai commencé à prêcher. Ce que je veux que vous compreniez, Monsieur Kassim, c'est que je suis avant tout un homme de paix. Venez, je veux vous montrer quelque chose.

Il me fait sortir par l'arrière de son poste de commandement. À une cinquantaine de mètres se tient une autre tente de taille comparable à la sienne.

– Ce collègue marocain, figurez-vous qu'il est devenu prédicateur lui aussi. Faut croire que ça va avec le diplôme d'infirmier. Quelques jours après le début de la guerre civile, il m'a proposé de venir ici. Une partie des miliciens étaient des dealers. Beaucoup sont musulmans mais les chrétiens sont très nombreux aussi. Quelle que soit leur religion, ils sont mal vus par les autres. Il fallait bien que quelqu'un s'occupe d'eux. À quoi est-ce que je servirais si je ne m'intéressais pas aux pécheurs ? Ce sont des croyants. Leur foi est pure. Je ne fais pas de politique, vous comprenez, Kamel, je n'incite personne à se battre, mais ces jeunes, ils défendent leur quartier, leur mère, leurs petits frères et leurs petites sœurs. Et ils ont besoin d'être accompagnés. Avec Ahmed, on se parle souvent, même si je pense que seul le Christ détient la vérité et que lui croit qu'elle réside en Mohamed.

Nous retournons dans sa tente.

– L'imam Ahmed et moi, nous savons les risques que vous avez pris pour sauver ce jeune homme. Nous pensons qu'à votre manière, vous avez agi en homme de foi. J'ajouterais même que vous vous êtes montré digne du lieutenant Coulibaly, et croyez-moi, je ne dis pas ça à la légère. Mais vous devez savoir que tout le monde ne pense pas comme nous…

– Vous n'êtes pas le premier à me le dire.

– Djénéba vous a déjà mis en garde ? Elle vous a parlé de Grégoire Carat ?

– Euh… oui.

– Elle a raison de se méfier. Vous savez, avec ma position, j'entends beaucoup de choses… Ce type est dangereux ; et là, il prépare un coup tordu. Il serait bon que vous soyez partis avant qu'il ait le temps de passer à l'action.

En prononçant ces derniers mots, le pasteur sort du tiroir de sa table de jeu mon roman et un stylo. J'écris *En amitié* sur la page de garde, et je signe. Il me remercie, me serre la main en me fixant. C'est toujours au moment des adieux que les choses importantes se disent.

– Des nouvelles préoccupantes me parviennent de fidèles situés de l'autre côté de la ligne de front. En territoire ligueur, la nuit, des autocars emportent des personnes appartenant à certaines catégories de population vers des destinations inconnues. Le cœur des opérations se situe au parc Astérix, il faut dire que c'est pratique, avec tous ces parkings… J'y ai amené mes enfants une fois, ils ont adoré… Pardon, je ne sais plus ce que je raconte. On essaie de garder la foi, de se dire que l'homme a été créé à l'image de Dieu et puis on apprend ça.

Il se tait d'un coup, et des images me viennent ; elles soudent ma langue à mon palais. Dire un truc, n'importe quoi. Le faire parler, ne serait-ce qu'une minute.

– Vous avez dit « des personnes appartenant à certaines catégories ». Quelles catégories ?

– Des gens comme vous et moi, des gens qui ne ressemblent pas aux chefs de la Ligue. Je ne sais pas ce qu'il va advenir de nous, ni même de la France, mon cher Kamel, mais soyez assuré d'une chose, je prierai pour vous et pour vos proches. J'ai été heureux de vous rencontrer. Romuald va vous raccompagner.

Il retourne à sa table, ramasse les cartes, et commence à les mélanger. J'emboîte le pas à son factotum, et me revois à différents âges de ma vie, regarder, sur un écran de télé, d'ordinateur ou de téléphone, des gens monter dans des autocars. Qu'ils fuient l'horreur ou qu'elle les attende au bout du chemin, tous ont la même expression sur le visage. Un mélange d'effroi et d'incrédulité qui unit dans mon esprit les Bosniaques aux Syriens, les Ouïghours aux Ukrainiens. Massacre, filtration, rééducation. Je pense à Soraya. Des évacuations par bus sont proposées aux femmes et aux enfants de l'enclave assiégée de Trappes. Jamais je ne me suis senti aussi impuissant.

À l'intérieur du centre de santé, tout est silence. Un type en blouse somnole dans un fauteuil déglingué. Quand je lui demande où trouver le prisonnier qu'on leur a amené ce matin, il me toise, soupçonneux, puis m'invite à le suivre. Nous traversons une salle pleine de lits, de moniteurs, de pieds à perfusion avant d'arriver à une série de portes. Il en ouvre une, me laisse entrer et repart en lâchant : « Il va s'en sortir, ce bâtard. Si ça ne tenait qu'à moi, j'te jure… » Tony referme la porte derrière lui et pousse un soupir.

– Une vraie tête de con, celui-là.

– Il dort toujours ?

– Sa dose de propofol a été diminuée, en principe, il se réveillera demain. On lui a recousu l'arcade et la tempe. Deux belles cicatrices en souvenir de Fortin. Ses constantes sont bonnes, mais il a subi un traumatisme crânien, il faut attendre pour évaluer les conséquences. Dès qu'il sera transportable, on se barre, il ne faut pas moisir ici. Tu as parlé à Bakary ?

– Il dormait encore quand je suis descendu.

– Tout à l'heure, alors qu'il était dans la chambre avec Djénéba, un type a fait irruption. En les voyant, il s'est figé avant de balbutier un truc et de ressortir. C'était Carat. À quelques minutes près, une bulle d'air dans la perf et on pouvait dire adieu à Arnaud. Une mort indétectable, on aurait mis ça sur le compte de son état de santé. Djénéba est persuadée que Nacéra aurait fermé les yeux.

Je n'arrive toujours pas à imaginer l'habituée de Chez Gilberte avec qui j'ai tant de fois trinqué au cours des années cautionner un meurtre. Bienvenue au pays de la guerre. Putain mais comment on fait pour s'habituer à ça ?

Tony est encore plus dépité que moi.

– On essaie juste de sauver un innocent. Je veux dire : Nacéra s'est retrouvée à diriger ce mouvement parce qu'elle s'est révoltée contre une injustice, elle devrait comprendre, non ?

– Elle devrait, oui, mais elle a des responsabilités. Manifestement, on n'arrive pas au moment idéal.

– Mais je m'en fous moi, tu comprends ? J'ai juste besoin de croire à quelque chose. Les fachos nous ont entraînés dans une guerre civile. On ne l'a pas choisie. Plus de la moitié de mes potes se sont engagés dans une des milices du Front uni. Moi, jusqu'à l'attaque, je me contentais de tenir le bar, fallait bien que quelqu'un leur serve à boire. Et puis ils sont venus m'attaquer chez moi, ces bâtards. C'est mon combat, maintenant. Mais pour le mener, j'aimerais bien pouvoir croire en une cause ou un leader, je sais pas, c'est pas beaucoup demander, si ?

Je m'assieds à côté de lui. On va veiller Arnaud ensemble. Ça au moins, on ne pourra pas nous l'enlever.

11

Plusieurs jours s'écoulent ainsi, entre le centre de santé et notre logement. Nous nous montrons peu, Djénéba nous a conseillé de faire profil bas. Elle nous amène de quoi manger, la même chose que les recrues, des macaronis sauce tomate le plus souvent. Avec du fromage râpé les jours fastes. Contrairement aux ligueurs, les ewoks et leurs alliés contrôlent peu de territoires agricoles. Les fruits et les légumes se vendent à prix d'or sur les marchés de Seine-Saint-Denis.

Arnaud va mieux. Ses constantes sont bonnes mais depuis son réveil, quelques heures après notre arrivée au Fort, il est mutique. Les médecins disent qu'il est encore en état de choc et que cela peut suffire à expliquer son silence. Il est aussi possible que son cerveau ait subi des lésions. Sans IRM, on ne peut être certain de rien. Dans le doute, mieux vaut ne pas le transporter. Pour le moment, de toute façon, nous ne pouvons l'emmener nulle part. À Aubervilliers comme à la Fourmi, son statut reste le même. C'est un prisonnier du Front uni et dès que son état le permettra, il sera interrogé et jugé. Avant que cela ne se produise, il faut que nous arrivions à faire parler Arnaud. Que nous sachions comment il s'est retrouvé dans cette histoire. Je l'observe et constate que le coin de la bouche se tend. Je m'assieds sur le lit et je lui dis qu'on comprend qu'étant donné les circonstances, il préfère ne pas se montrer coopératif mais qu'on est entre nous maintenant et que l'on a besoin de réponses. Question de vie ou de mort pour lui comme pour nous. Il ouvre les yeux.

– Je suis Kamel Kassim, lui c'est Tony Amsellem. Nous vous avons fait sortir de la Fourmi Électrique où vous étiez prisonnier. Vous vous en souvenez ?

Il murmure, effrayé :

– Je n'ai tiré sur personne, je vous jure que je n'ai tiré sur personne.

– Je vous crois, vous ne risquez rien avec nous. Qu'est-ce qui s'est passé ? La première fois que je vous ai vu, vous avez récité la *chahada*. Ce n'est pas habituel pour un ligueur versaillais…

– Mon père pense que je suis la honte de la famille. Qu'à cause de moi, ils allaient tous payer, ma mère aussi allait y passer. Lui et Stanislas, je les déteste, ma mère, c'était différent. Et puis Soraya et Ilyas ont été tués dans un bombardement. Il m'a montré les photos. Après ça, je m'en foutais de vivre ou de crever. J'ai accepté de participer. Je me suis juste promis de ne blesser personne.

Sa voix se brise dans un sanglot. Je lui explique que les photos étaient truquées. Son fils est vivant, Soraya aussi, je lui ai même parlé. Arnaud me dévisage, choqué. Je reprends.

– Depuis quand vous n'avez pas parlé à Soraya ?

– Depuis environ trois semaines. Quand j'ai été placé sous surveillance permanente. Jusqu'à mon départ en opération. Mon père, c'est Christophe Fontaine… L'avocat qui s'est rendu célèbre en 2025 en défendant un prêtre intégriste qui affirmait que le dialogue religieux prôné par le Vatican était une hérésie ; pour lui, il ne fallait parler ni avec les juifs qui avaient tué le Christ, il ne faudrait pas l'oublier, ni avec les musulmans. L'islam, c'était comme la gangrène et la France ne serait guérie qu'une fois débarrassée de ses adeptes. À l'époque, je me foutais de tout ça. La politique, c'était le domaine de mon grand frère Stanislas. Il a fait son droit et a adhéré à la Ligue dès le départ, avant de gravir les échelons du mouvement. Moi, j'étudiais pour devenir paysagiste. Et puis, après un check-up de routine, ma grand-mère adorée, Charlotte, a été hospitalisée. Cancer en phase terminale, j'étais désespéré. Une fois transférée en soins palliatifs, elle est devenue amie avec une jeune externe, qui a pris l'habitude de venir la voir tous les soirs à la fin de son service, à peu près à l'heure où j'arrivais. C'était Soraya. Après la mort de ma grand-mère, on a continué à se voir. Je n'avais jamais ressenti quelque chose d'aussi fort avec une fille. On se donnait rendez-vous à Trappes, près de chez elle. À Versailles, j'avais peur de tomber sur une connaissance qui serait aller répéter à ma famille que je m'affichais en ville avec une Arabe. Je ne me souviens plus du moment où je lui ai dit que je l'aimais. Ça s'est fait tout seul mais en réalité, c'était là dès le premier jour. Juste le temps de l'accepter. Pendant des semaines, on s'est contentés de se voir dans des bars, des chichas, de s'embrasser au détour d'un chemin qui longe l'étang de Saint-Quentin. Jusqu'à ce qu'un samedi, elle m'emmène à Vélizy dans le studio qu'une amie lui avait prêté pour le week-end.

Tony et moi, nous sommes fascinés par le récit d'Arnaud. Comme si son histoire avec Soraya représentait l'antidote à tout ce dont nous avons été témoins depuis des mois. L'amour plus fort que la haine ; ces formules prêtes à l'emploi, il les incarne avec une naïveté désarmante.

– Et puis elle m'a invité dans sa famille. Elle savait que je ne pouvais pas la présenter à mes parents mais elle s'en fichait. Elle avait ses études de médecine à finir, elle vivait sa vie. Elle n'était pas croyante pour deux sous mais sa mère était une soufie convaincue. Souvent, quand je venais la chercher, le salon était occupé par des membres de la confrérie en pleine séance de *dhikr*. On peut traduire ça par « invocations ». Toutes les personnes présentes avaient un chapelet à la main et répétaient les mêmes paroles. La plus courante est *lâ 'ilâha 'illâ -llâh* – « Il n'y a de dieu que dieu ». C'est très fort et très doux à la fois et surtout, c'est mille fois plus chaleureux que la messe, alors ça m'a attiré. Un an plus tard, je me suis converti. Soraya a commencé par faire la gueule, et puis, comme ça me rendait heureux, elle a fini par l'accepter. La grossesse, ce n'était pas prévu, mais on a décidé de le garder. J'ai insisté pour qu'on fasse au moins le *hlel*.

Je savais que la réaction de mon père et de mon frère serait terrible quand ils apprendraient que j'avais fait un enfant avec une « mahométane », comme ils disent, une ennemie, mais j'avais décidé de tout raconter à ma mère pour qu'elle m'aide à gérer la crise. C'est à ce moment-là que la guerre a éclaté et qu'on s'est retrouvés chacun d'un côté de la ligne de front entre Trappes et Versailles. Soraya a accouché seule le 15 mars. Au début, j'arrivais à l'appeler de temps en temps, jusqu'au jour où un ami de mon frère a surpris notre conversation. Grâce aux moyens de surveillance de la Ligue, ils ont réussi à l'identifier et j'ai été mis aux arrêts à la maison jusqu'à mon départ en opération.

Il est minuit. Après nous avoir tout raconté, Arnaud s'endort, épuisé. Avec Tony, on reste silencieux, histoire de digérer. Histoire de savourer aussi notre chance d'avoir sauvé la personne qui méritait précisément de l'être. Comme tous les soirs à la même heure, je me lève pour rentrer à l'appartement, c'est fou la vitesse à laquelle les habitudes se créent.

12

En sortant du bâtiment, alors que je suis encore dans l'euphorie de la confession d'Arnaud, je tombe sur Djénéba qui, manifestement, m'attend.

– Kamel…

– Oui.

– J'ai des nouvelles…

Elle tire un paquet de tabac de sa poche et entreprend de se rouler une cigarette.

– De mauvaises nouvelles ?

– On peut dire ça, oui… Et j'ai peur que ça devienne réel si j'en parle.

– On n'est pas pressés.

– Je t'ai déjà dit que tu me rappelais mon daron ?

– Non.

– Tu as la même manière de pencher la tête en écoutant. C'est marrant.

Elle allume sa clope et la contemple d'un air pensif.

– Il est mort quand j'avais seize ans, c'est dingue comme il me manque. Dès que j'avais quelque chose sur le cœur, il le sentait. Il lui suffisait de me regarder comme toi et je me mettais à tout lui raconter.

– Là par exemple, tu lui dirais quoi ?

– Je lui dirais que je n'ai toujours pas digéré ce qui s'est passé le 7 février. Je croyais être une dure à cuire, je pensais pouvoir tout encaisser mais rien ne m'avait préparée à ça. Et pourtant, j'ai bossé trois ans dans la protection rapprochée.

– Tu es garde du corps ?

– *Bodyguard*, ouais, un boulot tranquille, en vrai. J'étais à Dubai, où personne ne se risquait à attaquer mes clientes. J'étais surtout un accessoire, un élément de standing. La *bodyguard* renoie en hijab, depuis quatre ou cinq ans, c'est devenu un must chez les princesses émiraties. Les seules fois où j'ai dû entrer en action, c'était pour éviter les intrusions de paparazzi dans des soirées privées à Londres, sur la Côte d'Azur ou à Paris, ou bien des vols à l'arraché sur les Champs-Élysées. Là, j'avoue, je me suis un peu lâchée. Les types se rappelleront de ne pas s'attaquer à des femmes en *abaya*, sac Chanel et lunettes Gucci. Mais ceux-là sont repartis en un seul morceau. On ne peut pas en dire autant du bâtard qui a essayé de tuer Nacéra. Bon, paix à son âme, hein. Maintenant, c'est entre lui et son Créateur.

Djénéba tire une longue bouffée qu'elle conserve quelques secondes dans ses poumons. Elle l'exhale.

– Le 7 février… Je venais de finir une mission aux châteaux de la Loire avec la deuxième épouse de l'émir de Charjah, et j'avais profité de trois jours de pause pour venir voir ma mère qui vit près de la mosquée de

Pantin, à cinq minutes d'ici. La veille, on avait suivi en direct sur RT Africa la prise du palais Bourbon, les huit députés non blancs tués d'une balle dans la tête et la pendaison d'Albertine Kouadio. Ma mère adorait Albertine. Une femme noire dirigeant l'Assemblée, c'était extraordinaire. Elle s'en fichait qu'elle soit catholique et que par ambition politique, elle n'ait pas hésité à remiser au placard ses convictions de syndicaliste de gauche, c'était son héroïne.

Je ne connais pas la mère de Djénéba, mais je ressens la même chose. Moi aussi, j'ai voulu croire que cette nomination allait régler les problèmes du pays… Comme si nous ne savions pas depuis Obama que changer la couleur des dirigeants ne changeait rien au fond des problèmes. Comme si la France n'était pas déjà au bord du gouffre depuis des années. Comme si Brandon Humbert n'avait pas empiré les choses avec sa politique encore plus antisociale et anti-écologique que celle de ses prédécesseurs qui s'étaient pourtant déjà surpassés. Exonérations d'impôts à tire-larigot, autorisation de la fracturation hydraulique en Seine-et-Marne, recrutement de profs autoentrepreneurs payés à l'heure. Alors, oui, c'est vrai qu'une femme noire à la tête de l'Assemblée dans un vieux pays colonialiste comme le nôtre, sur le papier, c'était un sacré progrès. Mais dans la tête de nombreux Français, c'était un affront. Résultat, elle a été pendue à une grue, comme une opposante iranienne à la grande époque du guide suprême Khamenei. Humbert a réussi à se réfugier à Chartres, et vu la quantité de trahisons qu'il a déjà commises, je ne serais pas surpris qu'il finisse par appliquer le programme de l'extrême droite s'il pense que c'est la meilleure manière de se maintenir au pouvoir. Ce jour-là, les descendants de colonisés seront bons pour la soumission, la remigration ou l'extermination. La pendaison d'Albertine Kouadio et l'assassinat des députés arabes et noirs aura servi d'avertissement.

Djénéba tire une nouvelle taffe avant de poursuivre.

– Ces images, ma mère, ça l'avait traumatisée. Je lui ai donné un demi Lexomil et je l'ai mise au lit mais je n'étais pas tranquille, je me doutais que ça allait péter par ici aussi. D'aussi loin que je me souvienne, les fachos haïssent le 9.3. Pour eux, c'est pas la France ici, c'est l'avant-garde du « grand remplacement ». J'avais envie de trouver un peu de paix, alors je suis allée à la mosquée. Après la prière, Zohra, une ancienne copine de classe, m'a expliqué que les caïds de toutes les communes environnantes avaient décidé de mettre de côté leurs embrouilles et de se rassembler. Les syndicalistes du département, eux, battaient le rappel, et, entre les personnels de santé et de l'enseignement ou les entreprises de transport, ils sont un paquet. Tout le monde était sûr que le lendemain, quelque chose allait se passer. Pas question de repartir à Dubai, de laisser ma mère au milieu du chaos, d'observer de loin le pays tout entier partir en sucette. C'est chez moi ici. Le 7, à l'aube, j'ai reçu des messages sur Signal : ils attaquaient le Fort. J'ai foncé direct. Au début, j'ai juste fait mon boulot habituel. Protéger, sécuriser. Rassembler les civils, les sortir de là. Mais après, j'ai participé aux affrontements. Faut dire qu'avant d'être garde du corps, j'étais championne de MMA. J'ai réussi à en mettre un certain nombre hors d'état de nuire. Mais sans tuer. Sans tuer, tu comprends ? Je suis une soufie, moi, pas une djihadiste. La vie humaine, c'est sacré.

Djénéba secoue la tête, comme si elle n'arrivait toujours pas à croire à ce qu'elle a fait.

– J'ai tué un type, putain, j'avais besoin d'une garo… C'est comme ça que je me suis remise à fumer. Pourtant, depuis mes dix-sept ans, j'étais la fille la plus saine qui soit. J'avais arrêté la clope et les kebabs. Régime à base de protéines végétales, de légumineuses et de smoothies. Je ne sais pas pourquoi je te raconte ça.

– Tu as besoin de parler, c'est tout.

– Possible. Et toi, comment tu te sens ?

– Détaché de moi-même. Comme si rien de ce que je traverse n'était complètement réel. Pour être honnête, ça fait déjà un moment que je vis dans un monde parallèle. Peut-être que d'avoir failli mourir me ramène à la vie. Je recommence à m'intéresser aux autres. Depuis le jour de notre arrivée, par exemple, je ne pense plus qu'au sort de la famille qui vivait dans l'appartement qu'on nous a attribué.

– Les Segura-Dicko…

– C'est à cause des étoiles… Au-dessus du lit, il y a des étoiles lumineuses, ça m'a touché et j'ai commencé à fouiner. Résultat, maintenant, j'en sais trop sur eux, je n'arrive plus à les sortir de ma tête. J'ai vu leurs visages, je connais leurs obsessions. J'ai compris qu'ils n'avaient pas survécu à la bataille. Il y a trop de morts, partout, tout le temps…

Elle consulte sa montre, réfléchit et me demande de la suivre. Nous nous engageons sur un chemin qui serpente dans un sous-bois. Juste au-dessus de nous, j'entends une chouette hululer. La brise charrie une odeur de plantes aromatiques. Le bosquet débouche sur une série de petits lopins : les jardins familiaux. Ceux du bonheur populaire et écoresponsable. À la lueur de la lune, je devine les plants de romarin, de thym, de chèvrefeuille ; et puis les tomates, les courgettes, les concombres, les oignons, les piments, les haricots. J'ai neuf ans, ma grand-mère m'envoie cueillir une laitue pour le repas du soir. Une fois qu'elle l'aura lavée, ce sera à moi de secouer la salade dans le panier ajouré et de contempler les traînées qui se forment sur le béton de l'allée qui traverse le jardin. En juillet, elles sèchent en une minute, c'est magique. Nous arrivons sur la parcelle des Segura-Dicko. Plantée dans la terre, une pancarte : *À la mémoire d'Anne-Laure, Anita et Djibril, froidement assassinés le 7 février 2030 par les ennemis de la vie.*

Djénéba baisse la tête, ferme les yeux. « *Inna lillah wa inna ilayhi raaji'uun* » : la formule que j'ai apprise aux funérailles de mon père à force d'entendre chaque invité musulman la répéter. « C'est à Dieu que nous appartenons et c'est à lui que nous retournons. » Bien que je voie parfaitement en quoi la religion peut apaiser, je ne peux pas suivre Djénéba sur ce terrain. Les conséquences de ma dernière récitation coranique m'ont calmé pour un moment. Moi, en guise de rituel, j'admire les étoiles.

– Tu as entendu parler de Toufik Zaafar ?

– Bien sûr ! Ma fille a travaillé pour lui il y a dix ans, au début du projet.

– C'est lui qui a tenu à ce qu'on les enterre ici. Anne-Laure était le pilier des jardins familiaux, c'est elle qui organisait les après-midi désherbage, les soirées de troc citoyen et la soupe populaire. Il ne se remettra jamais de ce qui s'est passé au Fort mais l'assassinat d'Anne-Laure, d'Anita et de Djibril, ça l'a vraiment cassé. Ils incarnaient son projet.

– Toufik vit encore ici ?

– Les fachos l'ont cherché partout pour le liquider ; les gens du cirque équestre l'avaient planqué dans un faux plafond au-dessus des écuries. Il a survécu et puis il s'est barré. En zone gouvernementale, à ce qu'il paraît.

Elle coupe court à son explication et jette un nouveau coup d'œil à sa montre.

– Virginie Fortin est arrivée, c'est ça que j'étais venue te dire.

– Elle est ici, au Fort ?

– Chez Grégoire Carat. Pour le moment, elle ne se montre pas, et c'est inquiétant.

– Tes infos, elles sont sûres ?

– Oui. Ça vient d'une des fidèles du pasteur Joseph.

– Tu connais le pasteur ?

– Joseph ? Je le connais depuis que je suis gamine, on est voisins.

– Carat et Virginie se sont connus ici, quand elle était en formation. Elle buvait ses paroles, surtout quand il citait Trotsky. Ça s'est terminé au lit comme on pouvait s'y attendre. Maintenant que j'y repense, c'est peut-être à ce moment-là qu'il a commencé à se dire qu'il n'était pas obligé de rester dans l'ombre de Nacéra. L'arrivée de Fortin ne peut signifier qu'une chose : Carat a décidé de passer à l'action. Et il veut qu'elle soit à ses côtés à ce moment-là.

Face à mon air ahuri, elle précise sa pensée.

– Ton pote Tony avait raison. Grégoire veut prendre le pouvoir au sein du Front uni. Il pense que pour gagner la guerre, il faut éliminer les mous, les tièdes et appliquer pour de bon les principes de Trotsky ou je sais pas quel autre vieux gars. On est un petit groupe à être au courant et on est bien décidés à le contrer. Notre informatrice fait le ménage chez Carat. Et oui, il y a aussi des femmes de ménage chez les chefs wokistes. Ici ou ailleurs, c'est la même, les gros bonnets n'ont pas le temps. Elle a surpris une conversation. Tout est prévu pour demain après-midi.

– Quel est le plan ?

– Si on a bien compris, il veut laisser Nacéra officiellement en place tout en s'emparant des leviers du pouvoir. S'il y arrive, elle ne sera plus en mesure de protéger quiconque. Il est urgent que vous partiez d'ici. Je sais qu'on ne se connaît pas depuis longtemps mais, bon, j'aimerais vraiment pas qu'il arrive un truc, à Bakary… ou à Tony ou à toi. Bref, il faut éviter ça. Demain matin, tenez-vous prêts.

– Prêts ?

– Désolée mais je dois bouger. Viens dans dix minutes devant le centre aquatique et on va tout t'expliquer.

– « On » ? Comment ça « on » ?

Elle est déjà partie.

13

L'esplanade du centre aquatique ressemble au décor d'un long-métrage post-apocalyptique du siècle dernier. Un John Carpenter, un George Miller, un John Boorman, on s'en fout, tout le monde les a oubliés à part les vieux dans mon genre : assez cons pour être nostalgiques d'un temps où l'on prenait plaisir à frissonner devant ces films tout en refusant de comprendre qu'il ne s'agissait pas d'un divertissement mais d'un avertissement.

Ici plus que n'importe où ailleurs dans le Fort, le contraste me frappe entre hier et aujourd'hui. J'enjambe les gravats et les éclats de verre qui ont remplacé les dalles parfaitement lisses du parvis d'autrefois. Passant et repassant sous les vitres brisées, je contemple la façade éventrée. Comme si les murs pouvaient me donner des réponses. Comme si quoi que ce soit pouvait expliquer comment on est passés de l'utopie de Toufik Zaafar à ce cauchemar rétrofuturiste.

Un bourdonnement m'arrache à mes pensées. Au loin apparaît un quadricycle à moteur rouge carmin, qui pourrait sortir d'une version parodique de *Mad Max*. Roues crantées, suspension digne d'un module d'excursion lunaire – les irrégularités du terrain ne lui posent aucun problème. En débardeur rose, ses longs cheveux flottants, la conductrice s'arrête pile à mes pieds. Putain, c'est Françoise, l'avocate de Nacéra.

– Kamel Kassim ! L'homme du Sanctuaire ! Ça me fait plaisir de te revoir, tu te souviens de notre conversation à Belleville ?

– Je ne risque pas d'oublier ! Avant toi, personne ne m'avait encore accusé d'utiliser la littérature pour faire la promotion de la police. Ça m'avait blessé mais depuis ce qui s'est passé, je me reproche tous les jours d'avoir créé un personnage de flic racisé sympa.

– J'aurais préféré que ce soit toi qui aies raison. Mais c'est le *mektoub*, la police et la République, dans ce pays, ça ne va pas de soi. De la rafle du Vel d'Hiv aux meurtres de jeunes des cités en passant par les noyades d'Algériens, il y a un certain passif.

– « Un certain passif », comme tu dis. Ce soir-là, au Sanctuaire, tu étais moins mesurée. Je t'entends encore citer une vieille punchline de Booba. « Si un jour je devais égorger un porc, je mettrais des gants par hygiène. »

– Ça, c'était après le quatrième rhum-gingembre ! Entre-temps, je me suis pris une balle dans la colonne, ça aide à prendre du recul. Ta vision du bien et du mal a tendance à se brouiller. Tu observes, tu réfléchis, tu vois les gens changer…

Françoise se tait. Elle déglutit, tente de sourire et n'arrive qu'à produire un rictus.

– Tu penses à Nacéra ?

– Je l'ai admirée, j'ai cru en elle. J'étais prête à tout pour que sa lumière puisse rejaillir sur le monde. Putain, voilà que je parle comme une mystique. Moi qui n'ai jamais cru ni à Dieu ni au Diable ! N'empêche, elle a ce pouvoir, Nacéra, de pousser chacun à donner le meilleur. Le problème ce n'est pas elle, c'est que la guerre engendre les ténèbres. Ici comme ailleurs, on n'y échappe pas. Mais on a peu de temps et j'ai des choses à te dire. On va faire simple et efficace. Djénéba t'a expliqué la situation. Si Grégoire Carat prend le contrôle du Fort demain, je ne donne pas cher de votre peau à toi et tes potes. Ni de la mienne, à vrai dire.

– Toi ? Mais Nacéra t'adore.

– Elle m'aime bien, oui, peut-être, mais elle tient de plus en plus rarement compte de mes conseils, et pour Carat, c'est déjà beaucoup trop. Il la veut entièrement sous son contrôle, il n'hésitera pas à m'éliminer pour y parvenir. Je vais venir avec vous. Je connais un lieu où l'on pourra se reposer jusqu'à ce que ton milicien se réveille. Ensuite, on avisera. Si Carat réussit son coup, il faudra sans doute aller nous planquer en zone gouvernementale, mais, une chose à la fois.

– OK… On se retrouve où ?

– Soyez prêts à sortir du hall de la tour B demain à 9 heures précises. Un van banalisé s'approchera en marche arrière.

– On ne repart pas avec la camionnette de Tony ?

– Désolée, mais ton pote va devoir lui dire adieu. On part avec un van assez grand pour accueillir mon fauteuil et le brancard de ton protégé. Ah oui, il est blindé aussi. C'est un plus. Reprenons : demain, 9 heures précises. Dès que tu vois Djén sortir du van, vous nous rejoignez et on file.

Elle repart, me laissant seul au milieu de la nuit, des rêves détruits de Toufik Zaafar et de mes pensées. Aller en territoire gouvernemental… J'obéirais ainsi à l'injonction de Daphné qui me répète sans cesse que, certes, une partie des humbertistes n'ont ni scrupules, ni valeurs, mais que chez eux, au moins, c'est la paix. Et que ça n'a pas de prix. Depuis l'attaque, je n'ai toujours pas pu me résoudre à lui parler ou à lui écrire. Peut-être que je me protège. Personne ne me connaît mieux qu'elle. Lui raconter ce qui m'est arrivé serait une manière de l'accepter et prendre le risque de m'effondrer. Il est trop tôt pour ça. Et pourtant, elle me manque.

La dernière fois où l'on s'est vus, fin janvier, elle m'avait donné rendez-vous au restaurant de la Maison de l'Amérique latine. « C'est pratique, tu comprends, à mi-chemin entre Sciences Po et l'Assemblée. » Le but du déjeuner était de me présenter sa nouvelle chérie, Sixtine Durand-Lefebvre. Ça faisait trois mois qu'elles se fréquentaient et Daphné avait insisté pour que je la rencontre. Comme à l'époque où elle s'était fiancée avec le mec de Meta, je m'étais trouvé pris de court. Mais je n'avais aucune raison de lui faire une scène sous prétexte qu'elle avait une histoire avec une députée d'Égalité. C'était sa vie, ses choix, et même si je ne les comprenais pas, je n'avais pas le droit de m'y opposer. Et puis ça n'aurait servi qu'à l'éloigner encore un peu plus. J'imaginais déjà :

– Tu te rends compte, tout de même, que ta mère est morte sur scène en maudissant « l'esprit malveillant de la majorité morale » ? Essaie d'imaginer ce qu'elle aurait pensé d'une représentante de ce pouvoir corrompu ?

– Justement, papa, elle a dit ça et elle est morte. À moi de me démerder avec ma vie.

J'aurais pu évoquer aussi le combat politique de ses grands-parents, qu'elle avait à peine connus et dont je lui avais si peu parlé, m'attirant une réponse tout aussi cinglante. Alors, j'avais fermé ma gueule et je les ai rejointes au restau. Le repas s'était déroulé comme prévu. Sourires polis, considérations superficielles, évitement consensuel des sujets qui fâchent. Jusqu'à ce que, à court de banalités, Sixtine se mette à parler de la manière dont elle avait été investie par Égalité pour les législatives de 2027. Elle pensait que même si elle était née à Chartres et y avait grandi, la ville était trop marquée par le catholicisme pour élire une jeune femme ouvertement lesbienne. Mais les dirigeants du parti tenaient à ce qu'elle se présente là où elle était légitime.

– Ils ont demandé à Fizz, le cabinet de conseil qui nous suit dans la région Centre, de poser la question à un *focus group*, un groupe témoin, je ne sais pas si vous voyez ?

– Oui… Un genre de veille marketing ? On réunit une douzaine de consommateurs choisis pour leur représentativité de la population générale et on leur demande ce qu'ils pensent d'une campagne de pub. Quand j'étais jeune, on a commencé à appliquer ça à la politique. C'est comme ça que Bill Clinton et Tony Blair ont été élus…

Mon ton était devenu franchement sarcastique, je sentais Daphné nerveuse à côté de moi. Je me suis adouci.

– Je ne savais pas que ça s'utilisait encore. Mais dites-moi plutôt, qu'est-ce qu'ils ont conclu ?

– Ils ont eu une idée toute simple, j'aurais dû y penser moi-même ! Que je fasse le pèlerinage à pied de Paris à Chartres pour montrer que, quelle que soit ma vie privée, je reste profondément attachée à la religion catholique.

Ça m'avait laissé sans voix. Elle était partie avant le café pour retourner siéger à la commission des Lois. Comme il restait un peu de temps à Daphné, je l'avais raccompagnée à Sciences Po en tentant de me montrer aussi enthousiaste que possible. Puis je l'avais entraînée sur son domaine de recherche depuis sa thèse à Stanford : la polarisation affective. Il s'agissait d'analyser la manière dont les sociétés contemporaines se fracturent le long de lignes d'affrontement politique. Aujourd'hui, quand on n'appartient pas au même camp, on devient des ennemis, plus seulement des adversaires. C'est cette théorie qu'elle tentait d'appliquer au cas français, et les résultats de ses recherches l'inquiétaient au plus haut point. Au moment de se quitter, elle m'avait demandé si je n'avais pas envie de partir à la campagne quelque temps pour écrire. Sixtine pouvait m'installer dans le moulin de sa famille, une magnifique propriété située au bord de l'Huisne, une rivière qui traverse le Perche. Personne ne l'utilisait jusqu'à l'été, ce serait bien d'en profiter. « Depuis combien de temps tu n'es pas sorti de Paris, papa ? Depuis combien de temps tu n'as pas écrit au calme ? Tu pourrais même te libérer de Coulibaly, tu rêves d'écrire quelque chose d'autobiographique depuis longtemps, ce serait l'occasion, vas-y, profites-en. Sixtine serait très honorée et moi, soulagée. » Depuis, je n'avais pas arrêté de repenser à son insistance déplacée. Elle savait qu'il allait se passer quelque chose, elle ne pouvait rien me dire, et elle avait tenté de me protéger. Mais moi, je ne voulais pas être sauvé. Pas comme ça.

Je lui en veux. C'est idiot. Qu'est-ce qu'elle aurait pu faire, à elle toute seule, pour empêcher une guerre civile ? N'empêche, elle s'est tirée avec sa Sixtine et elle nous a laissés dans la merde. Tony, Eminé, Sarah, moi et tous les autres. Je crève d'envie de l'appeler et de lui dire que je suis au fort d'Aubervilliers et que je me souviens de toutes les fois où je suis venu la voir ici. Que je regrette les kebabs que nous partagions chaque semaine. Que même si son départ pour la Californie m'a brisé le cœur, j'ai été heureux qu'elle trouve la force de partir au bout du monde, loin de mon spleen, et, à son retour, de me tenir à distance sans m'éliminer pour autant, comme il se doit avec un mal nécessaire. Mais bien sûr, même si je me résolvais à l'appeler, je ne lui dirais rien de tout ça. Je n'ai jamais su parler des choses qui comptent.

Quand j'arrive à l'appartement, Bakary m'annonce que le repas est prêt. Sur la table trône une bassine en émail chinois d'où s'échappe un fumet délicieux qui me ramène des décennies en arrière. Le même plat, le même couvercle orné d'une éclatante fleur rouge, le même *thiéboudienne* que celui préparé par ma tante Mariama lors de mon unique séjour en Mauritanie.

– C'est la mère de Djénéba… Elle était inquiète de savoir qu'on ne mange que des macaronis depuis des jours. Enfin tu vois, c'est une daronne du bled.

– La mère de Djénéba ? Les choses avancent vite, à ce que je vois. J'ai raté un épisode ?

– Et ben… Ce matin, pendant que j'étais de garde auprès d'Arnaud, elle est venue dans la chambre et il s'est passé un truc, je sais pas. Une onde, un feeling. Comme si on s'était toujours connus. À un moment, elle m'a pris la main, j'avais jamais vécu ça. Mieux que dans tous les livres et tous les films. On ne s'est même pas embrassés. Bref, je ne sais pas ce qu'elle a raconté à sa mère mais voilà. Le *thieb* est là. Ça tombe bien. Si on part demain, elle ne pourra pas nous en refaire avant longtemps.

– Tu es au courant ?

– Djénéba m'a expliqué la situation après t'avoir parlé.

– Évidemment.

Bakary a un sourire désarmant. Au milieu des dangers qui nous guettent, son bonheur est, dans sa fragilité même, un baume, un soulagement. Et cette maman inconnue qui cuisine pour nous, ça me rappelle ce qui m'avait touché en Mauritanie : l'attention à l'autre, la douceur, la générosité, la beauté de l'évidence. Je me retiens de lui faire une plaisanterie sur la date des fiançailles. J'attrape une cuillère et sans nous concerter, nous prononçons la formule rituelle. *Bismillah.*

Le riz au poisson de la mère de Djénéba est une tuerie. Elle a dû dépenser une fortune. Les carottes, le gombo, les épices. Le chou, l'aubergine, la patate douce, putain, la patate douce ! Et le *thiof*, bien sûr, le roi des poissons, banalement appelé mérou sous nos latitudes. Cuit juste à point, riche et savoureux. Mais le véritable graal, c'est le *roof*. Lovée au cœur de la chair, une boulette de farce composée de persil, de poivron vert, de cube Maggi, d'ail et d'autres ingrédients laissés à l'appréciation de la cuisinière. Si l'on veut éviter d'incendier son palais, il est important de bien calculer la dose de *roof* et de piment dans la préparation de chaque boulette. Car une bonne partie de l'incomparable satisfaction qu'il y a à manger un *thieb* réside autant dans le goût que dans la consistance, dans la variété des aliments que dans le bonheur qu'il y a à confectionner une boulette bien grasse d'où dépassent un bout de *thiof* par-ci, un brin de manioc par là. Vaincus par les saveurs du bled, nous déposons les cuillères, allons nous laver les mains et continuons de manger ainsi, avec les doigts. Ç'aurait été péché que de continuer à se comporter en toubabs.

En regardant Bakary, j'ai l'impression de me voir. Un Africain perdu, une personne déplacée. Contrairement à lui, ma mère était blanche, j'ai des racines en

Haute-Garonne. Mais avec ma tête et mon nom, les gens m'ont toujours associé à l'ailleurs. Je pouvais en rajouter tant que je voulais sur ma maîtrise des codes et des références culturelles, ça ne suffisait jamais. Et puis, il y avait mon père et son inconsolable nostalgie. Derrière sa colère inextinguible contre la religion, l'esclavage, le système des castes, le tribalisme et que sais-je encore, il souffrait aussi d'être loin des siens. Jamais, surtout, il n'avait guéri d'avoir perdu sa mère au moment même où il était sur le point de la retrouver. Plus que la découverte de Marx et de Trotsky, c'était cette tragédie qui l'avait à jamais éloigné de la foi. Il m'avait fallu des années de thérapie pour comprendre que l'arrachement primordial qu'il avait subi était mon héritage et que jamais la souffrance qui en découlait ne cesserait de m'accompagner. Une souffrance que les saveurs incroyables de ce plat a l'étrange pouvoir de raviver et de soulager en même temps.

Bakary nous sert deux verres d'un bissap bien frais et pas trop sucré. Il s'assied, boit une gorgée, repose son verre, pousse un soupir. Le bissap lui rappelle son enfance. Lors des fêtes religieuses, des mariages ou des veillées funèbres, sa mère et ses copines préparaient ensemble la nourriture et les boissons. Il adorait passer son dimanche après-midi au milieu d'elles. Goûter les pastels, les beignets sucrés, boire du gingembre, du tamarin, du pain de singe… Tout était doux et tendre, il se sentait à sa place. En grandissant, il s'était éloigné de cet univers maternel sans pour autant se rapprocher de celui de son père. Ses parents sont nés dans deux villages éloignés de seulement dix kilomètres de part et d'autre de la frontière. Sa mère a grandi du côté mauritanien, son père du côté sénégalais, tous les deux sont soninkés de la caste des *moodinu*, des lettrés qui enseignent la religion. Sans appartenir aux mêmes ethnies, nos ancêtres viennent du même pays et de la même caste. Et nous voilà, au milieu d'une guerre civile, à partager notre trouble identitaire.

Dès qu'il le pouvait, Bakary séchait l'école coranique pour aller retrouver Arthur, son meilleur ami avec qui il partageait une passion pour l'heroic fantasy. Comme dans le Coran, il y avait du surnaturel mais c'était plus drôle d'apprendre des formules en gris-elfique qu'en arabe. Même le soninké, il n'a jamais réussi à le maîtriser. Peut-être parce que, contrairement à ses sœurs et frères, il n'a jamais mis les pieds en Afrique.

– Comme les billets coûtaient trop cher, les parents nous y envoyaient à tour de rôle. J'aurais dû partir quand j'ai eu dix ans mais je suis tombé malade, alors c'est Lassana qui a eu droit à un deuxième séjour. J'ai passé l'été au lit à lire *Harry Potter*, des vacances de rêve. Pendant longtemps, j'ai pensé que j'avais eu de la chance d'échapper à ce voyage. L'Afrique me faisait peur, à la télé, on ne voyait que des guerres, des intégristes, de la pauvreté. Moi j'étais un gamin du 11, qu'est-ce que je serais allé faire à arpenter la brousse entre le Sénégal et la Mauritanie, pour rencontrer des cousins avec qui je n'avais rien en commun ou des cousines dont l'une finirait par vouloir m'épouser histoire d'aller respirer un autre air, comme c'est arrivé à mon frère ? Mais ces derniers temps, je ne sais pas. Il m'arrive de ressentir un vide dans la poitrine.

– On est deux.

Avec Lassana, son frère, nous n'avons jamais parlé du continent. J'étais le père de Daphné, je travaillais pour la télé, ça me rendait à peu près blanc. Que mes ancêtres paternels viennent du même pays que sa mère était une réalité trop compliquée. Nous n'aurions pas su qu'en faire. Avec Bakary, c'est différent. Je lui raconte que je suis allé en Mauritanie au pire des âges. Trop jeune pour comprendre, trop vieux pour l'innocence. J'ai choisi la facilité et je n'y suis jamais retourné. Je me tais un moment avant d'ajouter que le plus compliqué, c'était les filles. Elles me faisaient peur avec leur beauté et leur effronterie. Je n'arrivais pas à comprendre comment, dans une société si portée sur la religion, les jeunes filles pouvaient se montrer si entreprenantes. Plus tard, un ami m'a expliqué que derrière les marques extérieures d'adhésion à l'islam, les gens vivaient leur vie comme ils l'entendaient. Et que l'activité principale du pays, c'était le jeu de la séduction. Songeur, Bakary me confie que ses copines ont toujours été blanches, ça lui paraissait plus facile, jusqu'à aujourd'hui.

– C'est idiot et je me serais moqué de quiconque aurait prononcé ce mot mais ça ressemble au *mektoub*. Tout cet enchaînement de choses terribles pour que l'on se rencontre avec Djénéba.

– *Wallaye*, tu as bien parlé ! Allez ! Réveil à 8 h 30, dernier carat.

Le sommeil ne vient pas tout de suite. Le *thieb* et la conversation ont réveillé des sensations enfouies depuis mon unique voyage au bled et mes années d'étudiant, lorsque je passais des heures à refaire le monde avec les intellos africains du 11e arrondissement. Pour la première fois, je me demande si le moment n'est pas venu.

Les étoiles collées au plafond par Anne-Laure Segura vibrent d'une manière particulière. Une oscillation cosmique qui m'expédie à des milliers de kilomètres. Sur une dune au milieu du désert. Est-ce que je n'y serais pas mieux que dans ce pays qui se détruit à défaut de s'accepter ?

14

Accroupis sur le sol du hall, Bakary et moi, on scrute le chemin goudronné qui passe devant la tour B. Tony nous a appelés il y a une dizaine de minutes. Il attendait dans la chambre d'Arnaud l'arrivée de Djénéba et du van qui doit nous évacuer. Depuis, on épie cette minuscule portion de territoire jusqu'à s'user les yeux. Mais rien, pas le moindre passant, pas l'ombre d'un véhicule, ni même la queue d'un chat ou le plumage d'un pigeon. Je commence à comprendre pourquoi, à la guerre, les gens sont parfois prêts à tout risquer ; à force de rêver pendant des heures qu'enfin il se passe quelque chose.

Pour s'occuper, on cause littérature. Jusque-là, nous étions restés en terrain balisé (les Russes, la SF, les Français) mais depuis le réveil, on s'est mis à évoquer nos auteurs africains préférés. Ceux dont je ne parle en principe à personne. À qui aurais-je pu expliquer que Mariama Bâ, Wole Soyinka et Yambo Ouologuem ont changé ma vie ? Qu'est-ce que mes rédacteurs en chef successifs ou les producteurs des séries à l'eau de rose que j'écrivais auraient bien pu y comprendre ? J'avais appris en grandissant que l'universel était blanc et que si je voulais me faire une place hors du douillet ghetto réservé aux ex-colonisés et à leur descendance, je devais me composer un panthéon acceptable. J'avais choisi de vénérer la Sainte Trinité : James Ellroy, D.A.F de Sade, Bret Easton Ellis. Les écrivains du bled, c'était mon pré carré, mon jardin secret. Une version intérieure de la boîte à trésors en cuir que mon père avait jetée. Une trace de la perte, quelque chose d'intime, impossible à partager, fût-ce avec ma fille, tant il était pour moi évident que rien de cet héritage ne me survivrait.

La coupure était nette et jamais Daphné ne m'a reproché d'avoir gardé le silence sur ma lignée africaine. Peut-être parce qu'elle était blanche (ou plutôt *white passing*, pour utiliser l'expression états-unienne désignant les personnes d'ascendance noire qui paraissent blanches), et qu'elle pouvait se permettre d'ignorer le problème ; peut-être parce que âgée de cinq ans à la mort de mon père, elle était trop jeune pour lui poser des questions. Sans doute aussi parce que je n'étais pas prêt à partager cette partie de mon histoire. Je m'appelle Kamel Kassim, je possède une tête assortie à ce nom, et ma fille connaît tout sur mes ascendants pyrénéens et rien sur mes ancêtres maures et peuls. Résultat, avant de partir en Californie, elle m'a annoncé qu'elle avait décidé d'adopter le patronyme alsacien de sa mère. « Les Américains font une fixette sur les Arabes, alors, autant éviter les questions inutiles. Je m'appellerai Daphné Wurtz, et puis voilà. Les Kassim, de toute façon, je ne les ai jamais rencontrés alors que la famille de maman à Colmar, je la connais. Tu ne m'en veux pas ? » Bien sûr que je lui en voulais mais qu'est-ce que je pouvais répondre ? Je ne l'avais jamais emmenée au pays et quand un cousin passait à Paris, je faisais le mort. Son choix de mettre son identité sociale en accord avec son phénotype était sensé. C'était bien ça qui me rongeait. La rationalité absolue du truc.

Accroupi sur le carrelage poussiéreux de ce hall où traînent encore des douilles que personne n'a ramassées depuis les combats de février, pour la première fois, j'ose avouer cette vérité. Bakary compatit. Quand j'ai parlé du changement de nom de Daphné, il a grimacé, comme s'il avait mal pour moi, et m'a laissé aller au bout de mon récit avant de ramener avec pudeur la conversation sur la littérature. Il a, lui aussi, sa trinité d'auteurs africains. Un tiercé gagnant tout à fait dans l'air du temps. Ken Saro-Wiva, Ahmadou Kourouma, Emmanuel Dongala. En trois livres publiés au tournant du siècle – *Sozaboy*, (Bim, le Biafra !), *Allah n'est pas obligé* (Bam, le Liberia !), *Johnny chien méchant* (Boum, le Congo-Brazza !) – ils ont fait de la guerre civile un genre à part entière. Chacun avec son style, ils ont tissé des histoires terribles d'enfants soldats, de pays déchirés, de souffrances ineffables, avec du rire, une verve, une truculence. Sans ça, comment survivre ? Comment ne pas devenir dingue quand tout le monde subit les mêmes horreurs ? Ou les commet.

Invoquer leurs noms est un soulagement à plus d'un titre. La réalité de la vie depuis le 6 février a remisé Gibson, K. Dick et les autres auteurs fétiches que nous avions l'habitude de brandir au rayon des dystopies passées. Quand il s'agit de savoir où se réfugier pour échapper aux combats, tout le monde se fiche du cyberespace, des loteries solaires et des métavers. Hormis les drones et quelques gadgets, la guerre du moment est *low-tech*. Ce qui compte, c'est l'électricité, le carburant, les armes, les munitions, les espions et la chair à canon. Notre réalité démembrée est bien mieux racontée par les auteurs africains que par nos écrivains américains favoris. Nos pays d'origine, quand il s'agit du réel, ont toujours eu une longueur d'avance.

– Eux, ils ne trichent pas. Ken Saro-Wiva, il disait, clair et net, qu'il ne pouvait pas perdre son temps à écrire pour divertir, à faire de l'art pour l'art. Il prônait une littérature de combat. Moralité, il a affronté la multinationale Shell et le gouvernement nigérian qui polluaient les terres du peuple des Ogonis. Et tu sais ce qu'ils ont fait, les bâtards ?

– Oui, ils l'ont pendu en 1995, dix ans après la publication de *Sozaboy*. J'avais vingt-six ans et j'ai écrit sa nécro pour un magazine panafricain qui a cessé d'exister au bout de trois numéros sans me régler mes piges.

Bakary se retourne vers moi, surpris. Il s'apprête à ouvrir la bouche mais un bruit de moteur l'interrompt.

Un van noir recule vers l'entrée de la tour puis s'arrête. Djénéba sort, fait le tour, ouvre la porte arrière. Nous dévalons la volée de marches du hall et l'entendons pousser un cri, se précipiter vers Bakary et le plaquer au sol. Une série de coups de feu claquent. Comme dans un cauchemar, je vois Virginie Fortin s'approcher de moi, le doigt sur la gâchette de sa mitraillette. Elle aboie une succession de mots à laquelle je ne comprends rien, si ce n'est que mon nom y figure et que son ton est peu amène. Paralysé, je la fixe et quand une détonation retentit, je suis sûr que c'est pour moi. Sauf que c'est elle qui tombe. À ma droite, un homme hurle : « On décroche, on décroche. » D'autres arrivent au pas de course. Un inconnu m'attrape par le bras et me fait monter dans le van. Toujours au sol, Bakary crie à Djénéba qu'elle doit se réveiller. Ça recommence. Je ne sais plus si je suis à Aubervilliers ou Chez Gilberte le jour de l'attaque. Éminé morte sur moi. Son sang qui coule sur moi. Des gens s'éloignent, des gens s'approchent. Tony sort du véhicule et dégage Bakary. Les paramédics arrivent avec deux brancards. Images hachées, compréhension diffractée. Tony le fait grimper de force alors que l'inconnu se penche sur Djénéba. Je ne vois pas son visage, juste qu'il reste un moment immobile, comme s'il l'écoutait lui donner des instructions ou lui confier ses dernières volontés. Puis il se relève en hurlant : « Elle est blessée, on ne peut pas la transporter. Ils vont l'emmener et la soigner, mais nous en attendant, on dégage. » Le moteur gronde, la gomme brûle sur le bitume. Le réel se réduit à des bribes. Bakary et son gémissement. Le cathéter dans le bras d'Arnaud. Les pneus crantés du fauteuil de Françoise.

15

Bakary souffre. Sa main gauche est prise d'un tremblement et c'est la seule manifestation extérieure du choc. Il ne connaissait pas Djénéba depuis très longtemps, mais avoir dû la laisser blessée et en danger l'atteint mille fois plus que toutes les horreurs dont il a été témoin depuis le début de la guerre. Malgré les proches emportés par une balle ou par une bombe. Malgré les amis métamorphosés en tortionnaires, envers et contre tout, il gardait le cap. Sans naïveté ni déni, il restait partisan du bon et du beau. Mais voilà qu'à peine entrée dans sa vie, Djénéba pourrait bien en ressortir, emportant avec elle la grâce, la foi et l'amour qu'il avait par miracle réussi à conserver intacts jusque-là. Bakary souffre et c'est terrible. Mais pour l'instant, nous avons des problèmes plus urgents à régler.

Tout le monde veut notre peau. À commencer par ceux de notre camp. Car, que cela me plaise ou non, et quelle que soit la distance que j'ai toujours affecté d'entretenir avec la politique, j'appartiens à un camp. Je me moquais de mes parents avec leur militantisme d'un autre temps, mais j'ai hérité de leurs idées et de leurs valeurs. Toute ma vie, j'ai voté pour l'une des nuances de la gauche. Un gauchiste passif, bien au chaud dans sa réserve naturelle de l'Est parisien, qui toute sa vie d'adulte a pris prétexte des dérives totalitaires de la pensée marxiste pour ne jamais s'engager dans aucun combat. Mais en temps de guerre, le dilettantisme n'est pas admis. Et quand les factions commencent à se déchirer, il ne reste plus qu'une vérité : qui dégaine le plus vite.

Le corps de Virginie semblait sans vie, tout à l'heure. Qu'elle ait survécu ou pas, Grégoire Carat sera d'autant plus déterminé à nous retrouver ; la balle qui a touché son amante a été tirée par notre chauffeur. Celui-là, j'ai l'impression de l'avoir déjà vu, mais je ne me souviens pas où. L'œil aux aguets, conducteur émérite, son côté forces spéciales attise ma curiosité. Françoise nous l'a sobrement présenté comme « Emmanuel, l'homme de la situation ». De fait, sans lui, nous serions tous morts. Ses camarades se sont dispersés dans les environs du Fort. Ce sont des pros, ils savent se fondre dans la masse et se faire oublier le temps que vienne le moment de contre-attaquer. Car, pour le moment, Carat contrôle la situation. Françoise l'a appris juste avant la fermeture de la plupart des fils de discussion auxquels elle participait. Plus personne ne peut entrer dans le Fort ou en sortir pendant les prochaines vingt-quatre heures. Les chefs de toutes les milices du Front uni ont été mis aux arrêts et l'ensemble des combattants sont maintenant sous les ordres de Carat. Il vient d'être propulsé « coordinateur général », une fonction qui a été créée spécialement pour lui. Nacéra garde son titre de sous-commandante mais elle est consignée dans ses quartiers et a dû enregistrer un message vidéo confirmant la nomination de Grégoire et l'adoption d'une ligne politique plus radicale. Ordre a été donné à tous les ewoks de nous arrêter et de tirer à vue en cas de refus d'obtempérer.

Maintenant, sur la route, il nous faut éviter les checkpoints du Front uni tout en se méfiant des fachos et de leur flottille de drones prêts à taper les véhicules ennemis. Heureusement, les opposants au coup de force veillent sur nous à distance. Emmanuel suit les instructions d'un interlocuteur mystérieux qui parle dans son oreillette et modifie notre itinéraire sur le GPS toutes les cinq ou six minutes. En cas de présence aérienne suspecte, ordre nous est donné de nous immobiliser. Ce que nous faisons en nous garant sur le parking du Basic Fit d'Épinay-sur-Seine. Le brouilleur optique se déclenche. Ainsi, le drone verra une image artificiellement recomposée à partir de Google Maps. Il faut juste éviter de sortir du véhicule.

Profitant de la halte, Tony passe un bras autour de l'épaule de Bakary. Il lui parle doucement, comme à un enfant, et parvient à lui faire avaler un quart de Lexo. Dans son brancard, Arnaud dort paisiblement.

De nous tous, c'est Françoise qui connait le mieux Djénéba. Elle prend sur elle. L'habitude du prétoire, sans doute. Quoi qu'il arrive, il faut faire face à l'adversité. Le juge, les jurés, les parties civiles, les accusés, le public, tout le monde s'en fout que l'une de tes proches soit en soins intensifs, que tu aies tes règles ou du mal à payer l'URSSAF. Tu es sur scène, la moindre erreur se calcule en dizaines de milliers d'euros ou en années de prison. Oublie et fais le job !

Elle sort sa trousse de maquillage. Miroir, fond de teint, fard à paupières, khôl, rouge à lèvres. Avec application, elle se recompose un visage. Elle vérifie que le résultat lui convient avant de se retourner vers nous pour annoncer que notre destination est la mosquée souterraine d'Argenteuil. L'imam Nissam nous y attend.

Depuis la fameuse « attaque de l'Aïd », Ahmed Syed Nissam a accédé à une célébrité nationale dont il se serait bien passé. Il appartient à la catégorie des causes justes de Françoise, celles qui ne lui rapportent rien mais donnent un sens à son existence. Comme le combat de Nacéra contre les violeurs d'InGirum ou celui de Mathis Lévy contre les flics de la RATP, qui l'avaient frappé avec son propre téléphone alors qu'il filmait une bavure policière. L'avocate militante avait réussi à faire condamner la RATP et ses employés. C'est cette victoire qui avait fait connaître au grand public le nom de Me Françoise de Koninck. Sur les réseaux, selon la partie du spectre politique où l'on se situait, on la célébrait ou on la vouait aux gémonies. Il suffisait de taper #FdK pour voir apparaître des milliers de posts tous plus véhéments les uns que les autres. Confronté lui aussi à l'adversité, l'imam Nissam s'était tourné vers elle.

Le 5 mai 2028 à 7 heures du matin, en pleine prière de l'Aïd al-Adha, un commando armé avait fait irruption dans la mosquée Ibn-Rushd d'Argenteuil. Au bout d'une laisse, l'un des hommes cagoulés tenait un goret protestant bruyamment. Après avoir tiré en l'air des rafales d'AK-47, les attaquants avaient égorgé la pauvre bête au milieu des fidèles en panique. Le sang impur imbibait murs et tapis. Ricochant sur la balustrade métallique, une balle avait atteint un adolescent à la gorge. Il avait survécu mais toute sa vie, il garderait une drôle de voix. Le petit groupe était reparti comme il était venu, laissant derrière eux des tracts signés d'un groupe inconnu : la Milice Céleste. Une appellation qui avait déclenché aussitôt une vague d'interprétations ésotériques dans la complosphère.

Acquis aux thèses de la Ligue française, les policiers chargés de l'affaire avaient fait du sur-place durant des semaines, alors qu'ils disposaient d'une quantité impressionnante de vidéos et de traces ADN. Lassé par tant d'immobilisme et de mauvaise foi, l'imam Nissam avait donné congé à son avocat inefficace et recruté Françoise de Koninck. La campagne de presse qu'elle avait orchestrée n'avait laissé d'autre choix au juge d'instruction que de retirer l'enquête à la police pour la confier à la gendarmerie du Val-d'Oise. Quelques jours plus tard, les sept membres du commando avaient été identifiés : un boucher de Beauvais, un professeur de philosophie du lycée Jules-Verne de Cergy, trois thanatopracteurs de Deuil-la-Barre (un père accompagné de ses deux fils) et, cerise sur le gâteau, deux policiers d'Argenteuil. Prévenus au dernier moment par une greffière du tribunal de Pontoise qui n'était autre que la maîtresse du prof de philo, les suspects avaient quitté la France pour se réfugier dans un monastère en Slovaquie.

Françoise avait alors attaqué l'État, dont la responsabilité écrasante venait d'être révélée par le *Canard enchaîné*. Non seulement les auteurs de l'attaque de la mosquée appartenaient à un groupuscule identitaire surveillé par la DGSI, mais le ministre de l'Intérieur avait trouvé urgent de temporiser, car l'un des deux flics du groupe était le fils d'un dirigeant national du syndicat Harmonie. Pas question de l'arrêter préventivement et de se mettre à dos la majorité de la police française. Il fallait convaincre le père de calmer son fils. Ces atermoiements avaient donné aux membres de la Milice Céleste tout le temps dont ils avaient besoin pour passer à l'acte.

S'étaient ensuivis un scandale national, démission du ministre et condamnation de l'État à verser des millions d'euros à la mosquée, aux fidèles traumatisés et à la famille du jeune garçon. Chose étonnante, le pouvoir avait renoncé à faire appel, peut-être parce que la mosquée Ibn-Rushd est située sur la célèbre dalle d'Argenteuil depuis laquelle, le 26 octobre 2005, deux cents jeunes criaient « Sarko on t'encule » en bombardant ce dernier de projectiles divers. Le ministre avait riposté en promettant aux habitants du quartier qu'il allait les « débarrasser de cette bande de racailles ». Deux jours plus tard, deux jeunes de Clichy-sous-Bois – Zyed Benna et Bouna Traoré – mouraient électrocutés dans un transformateur EDF à la suite d'une course-poursuite avec la police, et les banlieues s'embrasaient. La visite de Sarkozy est restée dans les mémoires comme le prologue des émeutes les plus violentes que la France ait connues depuis mai 1968 (et jusqu'à ce que la Situation fasse passer toutes ces périodes de troubles pour d'aimables plaisanteries). La dalle d'Argenteuil, depuis ce temps, dans l'esprit des dirigeants, c'est l'esplanade des Mosquées de Jérusalem pour un politicien israélien. Tu n'y joues les gros bras que si tu penses que le moment est venu de déclencher une énième intifada.

Alors au lendemain d'une grève des fonctionnaires opposés à un plan de privatisations massives dans les secteurs de la santé et de l'éducation, qui s'était terminée en bataille rangée entre la police et les syndicalistes, et avait fait deux victimes de chaque côté, le président Humbert avait préféré calmer le jeu plutôt que de mettre à nouveau les banlieues à feu et à sang. Il avait donc ordonné à Bercy de décaisser, séance tenante, les millions demandés. Après les concessions faites aux syndicats, on n'était plus à ça près. Il avait aussi fait dissoudre la Milice Céleste. Une mesure symbolique : tous les membres du groupuscule étaient déjà en fuite. On se souviendra qu'au cours de son interrogatoire, la greffière amoureuse avait expliqué que l'étrange dénomination qui faisait phosphorer les complotistes venait de la passion de son amant philosophe pour les deux Michel les plus célèbres de France, Houellebecq et Onfray : ces deux hommes d'une probité si admirable n'avaient pas hésité un seul instant à sacrifier leur réputation à l'intérêt général, et partageaient en outre le même prénom que l'archange Michel, le prince de la milice céleste. Celui-là même qui avait mené le combat contre Satan.

Les choses, bien sûr, n'en étaient pas restées là. Trop d'esprits chauffés à blanc, trop de désir d'en découdre. Œil pour œil, blasphème pour blasphème. Trois semaines après la profanation de l'Aïd, cinq hommes masqués avaient fait irruption en plein jour dans la basilique d'Argenteuil armés de Glocks, de tonfas et de Tasers. Leur coup était bien préparé : ils s'étaient immédiatement dirigés vers la chapelle polychrome située au fond de la nef pour y dérober la Sainte Tunique du Christ, une relique vénérée depuis le Moyen-Âge. Se moquant de savoir qu'il existe dans le monde plus de trente vêtements censées avoir été portées par Jésus le jour de son exécution, et que, d'après la datation au carbone 14, celle-ci ne pouvait avoir appartenu au fils de Dieu vu qu'elle avait été fabriquée au moins cinq siècles après la crucifixion, une fidèle cap-verdienne avait tenté, au péril de sa vie, de s'opposer aux membres du commando. Mais un coup de matraque dans le ventre, et sa tête était allée heurter la grille ouvragée de la chapelle. Elle en avait réchappé mais était restée trois semaines dans le coma.

Le lendemain, une vidéo apparaissait sur les réseaux. On y voyait cinq sexes circoncis dont la teinte allait du noir au beige clair pisser sur la relique. À la fin, un message signé du groupe Jihad-Riposte expliquait qu'à partir de maintenant, aucune agression christiano-laïcarde ne resterait impunie, ajoutant qu'ils étaient désolés pour la Cap-Verdienne, mais que le moment était venu pour les Africains de quitter la religion des colons apostats et que tout le monde était bienvenu dans l'oumma. À partir de là, une série d'incidents du même type avaient eu lieu d'un bout à l'autre de l'Île-de-France, puis du territoire national. On avait dénombré des morts à Grasse, à Creil, et même à Montluçon. À Argenteuil, en revanche, le calme était revenu.

Grâce aux millions de l'État, la mosquée avait eu droit à des travaux d'embellissement, achevés à la fin de l'année dernière et dont les fidèles n'auront profité que l'espace de quelques mois. Le 13 février, une semaine à peine après le début de la Situation, le lieu de culte flambant neuf a été bombardé par une escadrille de drones de la Ligue française. Le bilan élevé – cinquante-sept morts et soixante blessés – s'explique par la présence dans la salle de prière de plusieurs familles de réfugiés. Certains avaient fui les territoires contrôlés par les fascistes au Nord, les autres s'étaient échappés de Sartrouville au moment où la ville tombait sous le contrôle des djihadistes du groupement Ibn Taymiyya. Ces vétérans de l'État islamique, on l'a appris par la suite, avaient été libérés des différentes prisons de l'Oise dès la prise de contrôle du département par les ligueurs ; mais la technique qui avait si bien réussi à Bachar Al-Assad pour discréditer les rebelles syriens a fait long feu. Jamais les nostalgiques de l'EI ne sont parvenus à dépasser les frontières de la commune. Au lendemain du drame, l'imam Nissam a décidé de rebâtir sa mosquée sous la dalle.

Soudain, le van fait une embardée. Un drone grossit dans le pare-brise. Françoise rage contre le radar qui ne l'a pas détecté ; d'après Emmanuel, il s'agit d'un modèle furtif sud-coréen, rare et très cher. Les ligueurs en ont reçu un ou deux. S'ils l'ont envoyé, ce n'est pas par hasard. Notre chauffeur braque brusquement mais l'objet hostile infléchit sa trajectoire. Il disparaît, sans doute positionné à notre verticale. À mi-voix, notre chauffeur compte jusqu'à deux et contre-braque en accélérant brusquement. Une explosion se produit à notre gauche et fait tanguer le véhicule. Heureusement, nous ne sommes pas dans la vieille camionnette de Tony. Arnaud se réveille hébété. Bakary nous regarde d'un air sinistre. Comme s'il espérait que cette fois, on en finisse pour de bon. Emmanuel explique que ces drones sont équipés de deux grenades. Le temps qu'il se repositionne, il va lâcher sa deuxième munition. Il freine brusquement et l'engin réapparaît dans le pare-brise. Mais au lieu de revenir vers nous, il s'éloigne, poursuivi par un congénère plus petit et plus rapide. Un drone suicide, une « abeille tueuse » ukrainienne. C'est une danse, un ballet de mort entre deux créatures ailées. L'appareil le plus lourd se lance dans une série de manœuvres audacieuses, mais il n'a aucune chance. À peine trente secondes après l'arrivée de son poursuivant, le bruit sourd d'un impact se fait entendre et les drones s'évanouissent en fumée.

Emmanuel roule toujours à plus de cent à l'heure quand il s'engage dans la rampe d'accès au parking. Il ne freine qu'une fois arrivée à mi-pente pour ne pas se crasher en bas. Je devrais être paniqué, mais, comme à chacune des fois où j'ai croisé la mort ces derniers jours, la peur cède la place au détachement. J'ai l'impression de me voir du dehors. De ne rien ressentir. Mes compagnons de voyage ont l'air tout aussi stupéfaits. Françoise finit par rompre le silence d'un « *maalesh* » de circonstance et c'est comme de se réveiller soudain.

Au premier niveau du parking, des jeunes gens des deux sexes vêtus de joggings noirs nous attendent. Une des femmes s'approche d'Emmanuel et lui demande avec tout le sérieux et la politesse glaciale d'une flic de série américaine de sortir du véhicule. Il obtempère, imperturbable. Un de ses collègues procède à la palpation. Il trouve un revolver dans un holster sous son aisselle et un couteau attaché à son mollet. La milicienne reprend la parole.

– Les armes sont interdites dans l'espace de paix de l'imam Nissam. Elles vous seront restituées à votre départ. Me de Koninck est avec vous ?

– À l'arrière.

– Je vais vous demander d'ouvrir en évitant tout geste brusque.

Le hayon se soulève, quatre gardes nous font face. Celle qui semble être leur cheffe s'adresse à Françoise.

– L'imam vous attend.

Avec l'aide d'un de ses camarades, elle installe l'avocate dans son fauteuil. Puis Arnaud est débarqué avec délicatesse. Nous sommes à notre tour fouillés. À quelques mètres de là, devant une grande tenture de couleur ocre, un homme nous sourit. Il est lui aussi vêtu d'un jogging, mais avec un petit calot sur la tête et un pin's en forme de croissant sur la poitrine. Il met la main sur son cœur et se penche en avant.

– *Ahlan wa sahlan*, *welcome*, bienvenue !

– Je suis toujours heureuse de te voir mais jamais autant qu'aujourd'hui.

– Désolé pour la fouille et les précautions mais on est à moins de quatre kilomètres des territoires gouvernementaux, qui sont une véritable passoire. On fait la chasse aux infiltrés sur terre comme dans les airs. C'est Fadila qui a abattu votre poursuivant…

Il désigne la jeune femme à la tête du groupe. Emmanuel hoche la tête dans sa direction. Elle lui rend son salut. À eux deux, ils nous ont sauvé la vie.

– On la surnomme la Reine des Abeilles, c'est notre meilleure chasseuse de drones. Depuis le bombardement du 13 février, on a dû apprendre à se défendre. L'islam est une religion pacifique mais un seul être mérite notre soumission et il n'est pas de ce monde. Je parle, je parle et vous avez besoin de vous reposer. Sans compter que toutes ces émotions ont dû vous donner faim ! *ʾAstaghfiru -llāha rabbī wa-ʾatūbu ʾilayhi*. En vérité, je demande le pardon d'Allah, qui est mon Seigneur et Soutien, et je me tourne vers Lui dans la repentance. Suivez-moi.

Avec un sourire éclatant, il se retourne vers ses soldats, qui se mettent en mouvement. Avec autant de symétrie que de cérémonie, ils s'approchent de la tenture, et soulèvent chacun un pan. Que la bienveillance d'Allah nous protège. Oh mon dieu, qu'elle nous protège.

16

D'un parking inhospitalier, nous sommes projetés dans une ruche post-industrielle, high-tech et cosy où chacun semble avoir une mission et être déterminé à l'accomplir.

Collées sur le plafond en béton brut, des LED font descendre une douce lumière ; un écho du paradis. Bienvenue chez l'imam Nissam. Que la paix soit sur toi, ma sœur ! Que l'Éternel susurre à ton oreille, mon frère ! À perte de vue, des tapis, des canapés, des tables basses, des établis. Des cloisons mobiles délimitent des espaces dont certains sont ouverts, d'autres munis de portes. Ici des enfants jouent, là d'autres lisent ou font leurs devoirs. Assis dans un fauteuil médicalisé, un grand-père raconte une histoire à un groupe de tout-petits sagement assis à ses pieds.

En pleine conversation avec son ancien client, Françoise a pris quelques mètres d'avance. Le long d'une allée qui part sur ma droite, deux infirmières en blouse blanche et hijab fleuri poussent le brancard d'Arnaud en direction d'un panneau lumineux orné d'un croissant rouge. Avec

Tony, nous repérons le lieu pour aller le voir tout à l'heure. La plupart des *followers* de l'imam sont jeunes. Comme au fort d'Aubervilliers, on trouve des Noirs, des Blancs, des Arabes, des Asiatiques. Jeans, costumes, survêts, jupes et abayas cohabitent. Hijabs, jilbabs, coupes au carré et chignons compliqués se côtoient. Chacun semble être à sa place dans cette utopie réalisée.

Lunettes de réalité virtuelle, écouteurs, gants haptiques remontant jusqu'au coude, deux jeunes plongés dans le métavers me font réaliser que j'ai peut-être jeté un peu vite William Gibson et son *Neuromancien* avec l'eau du bain. Ce gars là-bas, ça pourrait être Case, le cowboy hacker désenchanté qui n'a d'autre choix que de se vendre au plus offrant. Cette fille, à n'en pas douter, c'est Molly, la guerrière transhumaniste qui, pour échapper aux mâles qui se l'arrachaient, a dû adapter son enveloppe corporelle aux besoins de son nouveau métier de tueuse professionnelle. Ensemble, ils doivent faire un casse dans les réserves de l'ennemi ou explorer les disques durs les mieux protégés du Vatican, pour y dénicher les preuves de la pédocriminalité de Mgr Giraud, le chef spirituel de la Ligue. Mais voici qu'ils se lèvent de concert. Leur chorégraphie, d'une grâce à couper le souffle, évoque un vol en escadrille. Ils écartent les bras, penchent le buste en avant, tels des oiseaux de proie avant de virer de bord. Leur sens de l'équilibre est extraordinaire. J'aperçois un type aux lunettes cerclées qui prend des notes dans son carnet. À quelques mètres de lui, Fadila soude des composants électroniques. Avec sa salopette, elle ressemble à une *makeuse* de la fin des années dix à Shenzhen. Une quinzaine de femmes et d'hommes en *salwar kameez* écoutent un chanteur de *qawwali* en sirotant une boisson fumante, sans doute du *chaï* au lait de shiitaké. Des préados assis en tailleur, casque audio sur les oreilles, écrivent des phrases en arabe sur des tablettes en bois, à l'aide d'un calame en bambou. Un maître holographique tout droit sorti d'une *medersa* de Tombouctou circule parmi eux. De sa baguette, il indique une faute à une élève, qui la corrige aussitôt. Une école coranique virtuelle où le *fqih* ne peut pas frapper les élèves – je me demande ce que mon père aurait pensé de cette innovation. Les rares fois où il a évoqué ses années passées à réciter le texte sacré, c'était pour se plaindre des coups reçus et raconter comment l'enseignant édenté leur postillonnait dessus. Il prétendait que c'était là – bien avant d'avoir entendu parler pour la première fois de Marx – qu'il avait compris que quelque chose ne tournait pas rond sur cette terre et qu'il allait falloir agir pour que ça change. Sans doute est-il préférable qu'il ait quitté ce monde avant de pouvoir voir des filles et des garçons du nouveau millénaire écrire des *hadiths* et des versets sous la férule électronique d'un marabout sahélien.

Je tente de trouver l'unité cachée de ces univers connexes. On dirait une version lounge, orientale et intergénérationnelle de cette bonne vieille Silicon Valley. Comme si après avoir engendré notre dystopie high-tech, la contre-culture californienne avait émigré sous la dalle d'Argenteuil pour accoucher d'une modernité apocalyptique, islamique et cool.

Nassim nous invite à nous déchausser et à rejoindre un petit salon. Une odeur d'encens parfume l'air et se mélange avec les notes de *qawwali* qui descendent du ciel. Au sol, un grand plateau recouvert de plats indiens, français, maghrébins et ouest-africains me rappelle les matinées que j'avais passées à arpenter le marché Héloïse, à trois kilomètres d'ici, en bord de Seine, à l'été 2026 quand je faisais des repérages pour *Jaffna Délices*. La dixième enquête du lieutenant Coulibaly était une tragédie culinaire sur fond de règlements de comptes entre deux familles de traiteurs, l'une kabyle, l'autre tamoule.

Je ne sais pas si le marché est encore ouvert mais manifestement, on trouve toujours des mets délicieux dans cette ville. Sur une table basse se bousculent du lassi, des *idlis*, des croissants, du *msemen*, du thé à la menthe, du café au lait, du gingembre, du bissap, du tamarin et même du *thiakry*, un porridge à base de farine de mil, de sucre, de lait caillé, sur lequel sont artistiquement disposés des fruits secs. Un délice typiquement sénégalais qui attire l'attention de Bakary. Nous nous asseyons en silence, un jeune homme sorti de nulle part s'approche avec un lave-mains traditionnel – un récipient en cuivre ajouré surmonté d'une aiguière – et nous nous soumettons l'un après l'autre au rituel hygiénique. L'imam prononce ensuite à mi-voix le *bismillah* de rigueur. Cette fois-ci, la formule reste bloquée dans ma gorge. Quand je l'énervais, Florence me disait que j'étais un *contrarian*. Mon réflexe était de toujours m'opposer. Comme si ma survie en dépendait. Je lui répondais que c'était mon côté Sarah Kane, et que c'était pour ça qu'elle m'aimait.

En réalité, il y a toujours une raison à l'autodéfense. Je n'ai rien contre l'imam, il gère son territoire comme il l'entend, mais je n'ai pas l'intention de me soumettre à l'ordre de cet endroit. Pourtant, je me sens bien ici. Pour la première fois depuis que cette guerre a commencé, j'ai la sensation qu'un avenir est possible. Même s'il n'est pas fait pour moi. En même temps, qui s'en fout ? J'ai soixante et un ans dont la moitié passée dans le millénaire précédent. Si le monde qui vient est dominé par des geeks musulmans ou des humains augmentés qui font le signe de croix avant de connecter leur cortex au vortex, qu'est-ce que je peux y faire. Aujourd'hui, c'est la religion qui est cool, pas le trotskisme de mes parents. Et si je repense à la manière littérale dont Virginie Fortin pensait suivre l'enseignement du fondateur de la Quatrième Internationale, je me dis que ce qui compte, ce n'est pas le texte mais ce que l'on en fait. Je l'entends encore m'asséner que « La guerre civile est la forme culminante de la lutte des classes ». Je ne sais pas si je m'en remettrai un jour. Je revois aussi Djénéba tomber sous les balles de cette psychopathe et j'ai un haut-le-cœur. En face de moi, Tony pianote à toute vitesse sur son écran. Son visage est tendu. J'essaie de capter son regard mais il est trop absorbé. Si c'est une nouvelle préoccupante concernant Aubervilliers ou Trappes, je l'apprendrai bien assez tôt. Pour le moment, j'ai juste besoin de respirer. À côté de lui, Bakary finit après une longue hésitation par porter une cuillère de *thiakry* à sa bouche. Il ne me reste plus qu'à tendre la main vers un de ces délicieux *idlis*. L'imam Nissam me regarde en souriant.

Bienvenue dans le cocon.

Durant tout le repas, Emmanuel est resté en retrait, surveillant chaque allée et venue. Quand il s'assied à côté de moi et me fixe sans un mot, soudain, ça me revient.

– Je t'ai vu le matin de notre arrivée au Fort ! Tu entraînais des recrues.

– Exact.

– Vous avez échangé un signe avec Djénéba. Sur le coup je n'y ai pas fait attention mais c'était resté gravé dans mon esprit.

– Franchement l'écrivain, tes impressions, tes suppositions, tes sensations, je n'en ai rien à foutre ! Et, tant qu'on est en zone ewok, c'est simple, tu te les gardes.

– C'est quoi ton problème au juste ?

– Écoute, ça marche peut-être avec tes potes, ton look de vieux sage arabe, mais avec moi, oublie. Avant que tu débarques au Fort, on avait un plan avec Djénéba et Françoise. On était sur le point de mettre Grégoire Carat sur la touche. On avait encore besoin de dix à quinze jours pour faire basculer les indécis, sécuriser les alliances, et réussir notre coup sans effusion de sang. Mais tu as déboulé avec ton ligueur musulman dans le coma et ça a poussé Carat à passer à l'action plus tôt que prévu. En résumé : tu as tout fait foirer ! À cause de tes conneries, Djénéba est hors circuit, Carat a pris le contrôle, nos partisans sont obligés de se planquer et nous, on se retrouve dans un parking à la merci d'un gourou gastronome. Alors je te le demande : comment est-ce que tu vois la suite ? Parce que jusqu'à présent, ta générosité et ton humanisme sans limites ont tendance à provoquer des catastrophes.

– Tu te trompes de combat ! Bientôt, vos luttes internes paraîtront anecdotiques. À la place que tu occupes, tu as forcément entendu parler des cars qui emmènent des gens la nuit vers une destination inconnue. On est en train de sombrer dans l'horreur à grande vitesse, c'est ça, la réalité. Et dans ce contexte, oui, toute vie mérite d'être sauvée.

– Qui t'a parlé de ça ? Ce sont des infos confidentielles.

– Emmanuel, tu peux le lâcher un peu ?

Françoise s'est approchée sans que je m'en aperçoive. Son visage est triste. Si triste.

– On est au courant depuis quelques jours. On sait aussi que Humbert laisse les cars en question traverser le territoire gouvernemental pour passer d'une zone contrôlée par la Ligue à une autre. Leur destination nous échappe encore. Quant à Carat, avec les partisans qui nous restent, on va tenter de lui régler son compte.

– Djénéba en fait partie ? Comment va-t-elle ?

– Sa blessure est superficielle. Elle se repose en lieu sûr en attendant le moment de passer à l'action. Au rythme où vont les choses, ça ne saurait tarder. Mais garde ça pour toi. Carat a des informateurs partout.

– Tu as vu dans quel état est Bakary ? Tu envisages sérieusement de le laisser dans le brouillard ? Si vous ne le lui dites pas, je le fais.

Françoise s'approche de Bakary. Il l'écoute avec attention et son visage s'éclaire. Au bout d'un moment, Emmanuel les rejoint et la discussion s'anime. J'ai bien l'impression que Bak va intégrer la coalition anti-Carat. Rassuré, j'embarque Tony avec moi. Il est temps d'aller voir si Arnaud s'est réveillé.

Nous remontons la travée centrale. Fadila assemble maintenant un bras articulé. La *makeuse* s'interrompt pour nous accompagner. Elle nous explique qu'elle développe un prototype de prothèse neuro-connectée, grâce à la version crackée d'une interface neuronale développée dans un labo de Singapour. Elle ajoute que l'imam a rédigé une fatwa pour interdire les royalties, jugeant que cette pratique capitaliste nuisait à l'intérêt de l'humanité. Avec le nombre d'amputés que cette guerre va produire, Fadila estime qu'il est hors de question d'attendre que les prothèses intelligentes arrivent sur le marché ; puisque les Versaillais aiment tant le capitalisme, eux n'ont qu'à patienter l'an prochain pour les acheter à prix d'or. Ici, on travaille pour le peuple. C'est pour ça qu'elle a rejoint l'imam ; c'est un véritable socialiste. Pas comme les salafs de Sartrouville qui prennent leurs ordres chez les Saoudiens ou les Frères musulmans, qu'elle a combattus lorsqu'ils ont tenté, en mars, de prendre le contrôle de La Courneuve. À l'image de leurs homologues du monde arabe, ils ne sont qu'un rassemblement de petits bourgeois réactionnaires. Dans leur société idéale, les femmes restent à la maison, les jeunes écoutent leurs parents et on revient à un ordre moral d'un autre âge.

Elle s'interrompt d'un coup. Nous sommes arrivés au niveau des navigateurs du métavers. Ils sont quatre, maintenant, et ils semblent plus agités que tout à l'heure, avec de brusques changements de trajectoire. L'un d'eux tombe au sol. Fadila le rejoint aussitôt. Elle lui enlève ses lunettes et ses gants haptiques avant de l'aider à se mettre à genoux. Il est secoué. Elle explique que ce n'est pas marrant d'exploser en vol mais qu'il va s'en remettre. Il n'a qu'à faire une petite pause, Kilian va le remplacer. Elle fait signe à un jeune homme plongé dans une profonde réflexion devant un échiquier sur lequel, outre les rois, ne subsistent qu'un fou, deux cavaliers, deux tours et deux pions. Il s'approche et enfile la tenue de son camarade. Il s'agit de la brigade de Fadila. Le combattant qui est tombé venait de faire exploser un drone ennemi avec l'« abeille tueuse » qu'il pilotait.

– Il vient de terminer sa formation. Il n'a pas encore l'habitude mais ça va venir. Même si on a réglé les sensations au minimum en cas d'impact, les premières fois, ça fait un choc.

Fasciné, Tony réalise que les combattants virtuels d'Argenteuil dépassent largement tout ce qu'il a pu rêver d'accomplir au cours de sa période hacker.

– Tout à l'heure, c'est comme ça que tu pilotais le drone ? Je t'imaginais avec une télécommande, un joystick. En fait, tu *deviens* la machine ?

– C'est beaucoup plus fin comme ça. Tu voles, tu vois tout, tu sens l'air, le vent sur ta peau, comme si tu étais un aigle. L'idéal, c'est de piloter un drone avec un rayon laser, là, tu es comme Han Solo et surtout, tu ne meurs pas à chaque fois. Mais le nôtre est en maintenance en ce moment, alors, va pour les « abeilles tueuses ». Quand le pilote d'en face n'est pas trop fort, on n'a même pas besoin de le percuter. Il suffit de danser avec lui, et on arrive à le faire se fracasser contre un pylône ou un château d'eau. Tout à l'heure, j'étais seule, l'attaque nous a pris par surprise, il a fallu agir dans l'urgence alors j'ai foncé.

– Et tu nous as sauvé la vie. Merci.

– *La Shukr Ala Wajeb.* Je n'ai fait que mon devoir. Et puis, sauver Me de Koninck, c'est un honneur pour moi. Nous sommes arrivés.

Une des deux infirmières nous accueille et interrompt ma réflexion sur la valeur relative de nos existences. Quand je me réincarnerai, promis, je ferai des choses plus utiles à la société que d'écrire des polars ou d'exfiltrer des prisonniers inconnus. M'attaquer au patriarcat et à l'islamophobie, par exemple. Ou au grand capital comme mes parents.

L'infirmière tire un rideau. Nous découvrons une chambre d'hôpital dotée de tout le nécessaire. Monitoring cardiaque, perfusion, oxygène, lit médicalisé, draps immaculés. Elle nous explique que le matériel a été prêté par l'hôpital de la ville dans le souci de limiter les déplacements non nécessaires. Fatigué par le transport, Arnaud dort. Ses constantes sont bonnes. Nous pouvons rester à ses côtés autant que nous le souhaitons. En cas de besoin, il y a un bouton d'appel. Puis elle sort. Tony décide d'aller m'attendre à côté. Confortablement installé dans le fauteuil, j'observe cet inconnu que j'ai décidé de sauver, bouleversant mon existence et celle des autres. Son visage est apaisé. Sa présence me fait du bien et j'en ai presque honte. Mais comme dirait Françoise, *maalesh*, il n'y a rien que je puisse faire pour changer le passé. Je l'écoute respirer. L'effet est aussi efficace que celui de mon appli de méditation.

« Inspirez et sentez votre cage thoracique se gonfler. Expirez et vos muscles se relâchent un à un. Vous sentez ce calme qui vous envahit ? Inspirez… expirez… plus lentement cette fois… inspirez… expirez… voilà, c'est ça… »

Black-out.

Quand je me réveille, Tony est de retour. Il me fait signe de me taire et me montre un article sur son téléphone. Les lettres dansent devant mes yeux avant de se remettre en place. Il a été publié il y a trois jours sur *La Relève*, un site ultranationaliste très bien informé. Au détour des insinuations et des phrases alambiquées, je finis par comprendre qu'il s'agit d'une attaque contre les Fontaine et leur « vilain petit secret », que les journalistes n'auront d'autre choix que de révéler si « l'une des familles les plus puissantes de la Ligue ne met pas de l'ordre dans sa maison ». Tony ouvre une vidéo dans une autre fenêtre. Il s'agit d'une prise de vue aérienne. La Seine, d'abord, puis une zone industrielle, un parc, des tours et un quartier pavillonnaire au-dessus duquel le drone se stabilise un moment avant de repartir à grande vitesse et de se rapprocher d'un véhicule arrivant en sens inverse. Un van aux vitres teintées. Le nôtre, putain, c'est notre van qui se met à accélérer et à slalomer !

Tony a trouvé cet enregistrement sur une des adresses électroniques de Stanislas, le grand frère d'Arnaud. C'est lui qui a commandité cette attaque. S'il a réussi à nous localiser, ça ne peut signifier qu'une chose : Grégoire Carat, qui a des agents partout, savait où nous allions. Il a fait passer l'information aux Fontaine pour qu'ils puissent se débarrasser de leur « vilain petit secret » et de nous au passage. Il paraît que ce genre de coups tordus se passe dans toutes les guerres civiles, mais ça fait tout de même un drôle d'effet de savoir que Carat est tellement décidé à nous liquider qu'il est prêt à collaborer avec les pires dirigeants de la Ligue. Quant aux Fontaine, ils étaient si motivés qu'ils ont réussi à mobiliser un drone furtif sud-coréen pour l'opération. Leur défaite va les pousser à réagir. Si je veux parvenir à sauver Soraya et Arnaud, il nous faut quitter de toute urgence le territoire wokiste. Et donc appeler Daphné pour réussir à passer en zone gouvernementale. Lui demander de nous aider. Elle partage la vie d'une députée. Il faut bien que cela serve à quelque chose.

Un raclement de gorge s'élève du lit. Arnaud nous dévisage.

– Où sommes-nous maintenant ?

– Nous avons quitté Aubervilliers. Ne vous fatiguez pas, prenez tout le temps qu'il vous faut. Ses yeux se referment, sa respiration se ralentit. Nous sortons de la chambre.

Assis devant un café fumant dans la salle de repos des infirmières, Tony est au téléphone. Je sais qu'il parle à Daphné. J'enrage de ne pas avoir été capable de le faire avant lui. Sobre mais efficace, il élimine les détails les plus glauques de notre périple en lui expliquant que nous avons réussi à nous faire autant d'ennemis chez les ewoks que chez les ligueurs et que nous devons passer le plus vite possible en zone gouvernementale. Il me passe l'appareil. Pour la première fois depuis que j'ai échappé à la mort, j'entends la respiration de ma fille. Ça me bouleverse. Les larmes coulent sur mes joues et je me mets à sangloter.

– Papa.

Elle me manque. C'est fou comme elle me manque. Je l'ai laissée grandir, s'éloigner, devenir une étrangère. J'ai fait comme si ce n'était pas grave, comme si je m'en tirais très bien sans elle mais maintenant, j'ai besoin de retrouver ma petite fille, de la serrer contre moi comme ce jour d'avril 2009 au Père-Lachaise. Nous étions seuls au monde, unis par l'immensité de la perte.

– Je suis désolé, je n'avais pas la force de te parler. Je ne comprenais pas pourquoi Eminé était morte et moi vivant. Pourquoi Sarah était tombée et pas moi. Je ne savais pas ce que je faisais là. Tout était absurde et toi tu étais loin, tu étais si loin depuis si longtemps. Je me disais que quelque chose s'était cassé. Je pense à toi depuis des jours, tu sais…

– Papa, s'il te plaît, pas maintenant. L'urgence, c'est que vous sortiez de là. On va s'occuper de tout avec Sixtine. D'ici une heure, les autorités locales à Cormeilles-en-Parisis seront prévenues. Vous serez attendus au checkpoint par l'officier de la zone et on organisera votre transfert jusqu'ici.

Le moment n'est pas venu de lui parler des cars, de Soraya, de Trappes, de ce qui reste à accomplir. Partir, c'est tout ce qui compte.

– Alors on se voit bientôt.

– Oui, papa, on se voit bientôt. Tu peux me repasser Tony ?

À partir de là, tout se met en place très vite. La promesse de départ soulage l'imam Nassim. Aussi aigu que soit son sens de l'hospitalité, il n'a aucun intérêt à héberger trop longtemps des adversaires du nouveau pouvoir wokiste. Le plan est simple : nous allons traverser ensemble la ligne de démarcation. Quelque part dans la forêt de Saint-Germain, Emmanuel nous quittera pour retourner à Aubervilliers et rassembler ses partisans. Nous déposerons ensuite Françoise dans une *safe house* paumée au milieu des Yvelines, d'où elle suivra à distance l'évolution des choses. Ensuite, nous sommes censés prendre la route de Chartres.

17

Depuis le début de la Situation, je me suis habitué à penser au territoire contrôlé par les humbertistes comme une zone hostile. Même si les seuls combats véritables ont opposé le Front uni à la Ligue française, il est difficile d'oublier que depuis les affrontements autour du barrage de Caussade en janvier 2028, qui ont marqué la fin du bref état de grâce du président, la répression contre les syndicalistes, les écolos, les gauchistes, les féministes radicales, les femmes voilées et les habitants des quartiers populaires a fait des centaines de blessés et des dizaines de morts. Un bilan sans équivalent au sein de l'Union européenne ou de l'OCDE. Un bilan qui a ôté toute légitimité à Brandon Humbert. Il n'est pas mon président, il ne l'a jamais été. Et c'est avec une certaine appréhension que je m'apprête à pénétrer dans la partie du pays qu'il contrôle.

À condition, bien sûr, de ne pas mourir d'ici là.

Sixtine Durand-Lefebvre a fait établir à nos noms des sauf-conduits valables sur l'ensemble des régions gouvernementales. Il ne nous reste plus qu'à serrer les dents jusqu'au rond-point, à la limite entre Argenteuil et Cormeilles, la partie la plus dangereuse du parcours, car, dans le quart sud-ouest, il jouxte le Territoire islamique autonome de Sartrouville, où aucun d'entre nous n'est en odeur de sainteté.

Le premier checkpoint est tenu par les partisans de Nissam. À peine y sommes-nous arrivés qu'un garde nous fait signe de passer et d'accélérer aussi vite que possible. À quarante mètres de là, le barrage de la milice d'Égalité nous attend. Dans le ciel, une « abeille » exécute, en guise d'adieu, un petit pas de danse. Au revoir Fadila, tu me manques déjà.

Il va falloir que je m'habitue à ce sentiment accéléré de la perte. Jamais je n'ai rencontré et perdu autant de gens en aussi peu de temps. Emmanuel appuie à fond sur l'accélérateur, l'« abeille » fait un virage sur l'aile et repart vers Argenteuil. Aussitôt, une rafale de kalach crépite. Impossible de savoir d'où ça vient. Emmanuel freine brusquement. Le son d'une deuxième rafale nous parvient alors que le van s'immobilise à quelques centimètres du bloc de béton qui marque l'entrée du checkpoint.

Je balaie des yeux l'habitacle, tout le monde se tait, sidéré, mais personne ne semble touché. Bakary lâche un « Putain ! » de circonstance. Un garde en treillis fait signe au véhicule de s'engager sur une voie parallèle et de s'arrêter. Un type sort d'une guérite. Barbe de trois jours poivre et sel, lunettes cerclées, col roulé noir, jeans, baskets ; Steve Jobs ressuscité. Deux éléments le distinguent du fondateur d'Apple : une Marianne stylisée brodée sur le cou du côté droit et, porté à gauche, un brassard marqué du logo ovale strié de bleu, de blanc et de rouge d'Égalité. Solennel, le chef milicien au look de startupeur du passé nous souhaite la « bienvenue sur le territoire de la République ».

Romain Sterling. Colonel de la milice gouvernementale, il est responsable du secteur Yvelines/Val-d'Oise. Ce mec est aussi bizarre que son président et son parti, mais à ce moment précis, je m'en fiche. Je suis juste soulagé d'avoir franchi cette maudite ligne de démarcation et de semer, enfin, nos poursuivants.

Il se montre désolé de ce que notre arrivée ait été si chaotique. La situation est stabilisée depuis des semaines sur ce rond-point mais il arrive que, par ennui, les djihadistes d'en face tirent au-dessus des véhicules qui passent d'une zone à l'autre. Françoise répond que nous n'en sommes pas à notre première rafale et se lance dans une grande conversation avec Sterling, qu'elle aurait ce matin encore qualifié d'« idiot utile du fascisme hexagonal » ou un truc du genre. Sa capacité d'adaptation force le respect ; nous sommes nombreux à ne nous faire aucune illusion sur l'apparente neutralité du parti gouvernemental. Si Brandon Humbert utilise les mêmes termes pour qualifier l'extrême droite et l'extrême gauche (« forces du chaos » ou « cavaliers de l'apocalypse » selon l'inspiration du moment), on pressent que la Ligue française l'attire comme un aimant. En s'alliant avec le parti de l'ordre, il aura enfin les mains libres pour déployer sa vision. Ce jour-là, le Front uni sera déclaré ennemi de la nation, et qui sait ce qu'il adviendra de nous. Le pays pourra glisser vers une dictature fasciste déguisée en démocratie libérale dans laquelle tout opposant ou individu non conforme sera au mieux toléré, au pire retiré du circuit. Mais pour le moment le seul objectif de Françoise est de nous garder vivants. S'il faut pour cela se montrer charmants avec ce Steve Jobs du pauvre, et bien soit.

Il consulte sa montre, le bac nous attend. Le pont le plus proche étant situé dans une zone peu sûre, il préfère nous faire traverser la Seine par bateau à La Frette. Nous allons laisser notre van ici, un nouveau véhicule est positionné en face, au pied de la station d'épuration. Dix minutes plus tard, nous voilà en haut de l'escalier qui mène à l'embarcadère. Entre le fauteuil et le brancard, la descente aurait pu être un cauchemar. Mais Sterling et ses hommes prennent tout en charge de manière remarquable. Il est clair qu'on leur a ordonné de nous traiter en invités de marque. Après notre séjour à la mosquée souterraine, cette traversée bucolique du fleuve a un goût étrange. Le bruit du moteur, le léger roulis du bateau, la présence de l'eau, la brise sur la peau, la vision de la berge d'en face avec ses peupliers qui semblent avoir plongé leurs racines dans le fleuve. Images, sons, sensations qui parlent d'un monde immuable, la *Douce France* de Trénet et de Carte de Séjour. Celle de mon enfance. Elle est belle et attirante, et pourtant, j'éprouve un déchirement à l'idée de laisser derrière moi l'univers bordélique et vibrant d'Aubervilliers et d'Argenteuil.

Une mouette effectue un piqué et s'envole à nouveau, un poisson dans le bec. Inspirer, expirer, faire le vide. Je me demande bien pourquoi j'ai attendu d'avoir soixante ans pour me mettre à la méditation. Pour se recentrer sur soi, oublier toutes les embrouilles qui nous entourent, c'est imparable. Mais le réel revient toujours frapper à la fenêtre. Sous la forme, par exemple, de Françoise, qui me fait signe de venir la rejoindre. L'auteur de polars doit venir jouer les singes savants auprès du colonel de la milice gouvernementale. J'interroge Tony du regard. Depuis que nous avons quitté le territoire du Front uni, il échange des messages avec Daphné. Sa mission est simple : faire comprendre à ma fille et surtout à sa députée de fiancée qu'en sauvant Soraya et Ilyas de l'enfer de Trappes va permettre à Égalité de montrer à quel point le sort de chaque citoyen lui importe, quelle que soit son origine sociale, ethnique ou religieuse. Un bon moyen pour le parti présidentiel de s'acheter une virginité qui lui sera bien utile en cas d'alliance avec la Ligue. Car, malgré le désordre ambiant, il s'avère encore nécessaire de jeter au peuple un os à ronger de temps en temps. De même qu'il faut pouvoir lancer aux institutions internationales encore soucieuses d'humanisme, quelques mensonges bien sentis. Pour le moment, d'après l'expression soucieuse de Tony, le succès est mitigé. Mais j'ai confiance, il va y arriver.

Avec un sourire professionnel, Françoise m'explique que Romain – « Mon cher, je peux vous appeler

Romain ? » lui dit-elle en posant la main sur son bras – est un fan. « Il a lu tous les Coulibaly ! » Ce cher Romain s'empresse de confirmer qu'il adooore mon lieutenant. À une époque où il se désespérait de constater que tant de gens issus de la diversité se détournaient de la République, préférant se plaindre de la France dans des réunions en non-mixité, mes livres lui avaient redonné de l'espoir. Ému, il me serre la main. Pris de court, je me mets à broder sur la chose publique. La *res publica*, celle qui nous rassemble tous, vous voyez. Plus j'enfile les perles, plus son visage s'illumine. Il regrette tellement mais tellement de ne pas avoir un exemplaire à me faire dédicacer, hélas, ils sont tous à la campagne dans sa maison de la vallée de Chevreuse. Sa famille est là-bas, au calme, mais son devoir lui impose d'être ici. Dans le civil, il dirige un cabinet de conseil spécialisé dans la santé publique. C'est lui qui a piloté la restructuration des hôpitaux des Yvelines, sa plus grande fierté. En optimisant l'allocation des ressources, en mutualisant les infrastructures, en faisant tourner le personnel soignant sur l'ensemble du département et en instaurant des partenariats avec le privé, il a réussi à réduire les coûts de 27 %. Il adore son job, mais en tant qu'officier de réserve et responsable régional d'Égalité, il a repris du service dès le début des troubles. « Heureusement que les choses rentreront bientôt dans l'ordre. Ah, mais voici que nous arrivons. »

Un minibus nous attend. Sur le côté, on peut lire l'inscription *Service gouvernemental*, je ne sais pas si ça me rassure ou si ça m'inquiète. D'après un article récent paru sur un site d'investigation, le SG est une sorte de ministère des coups fourrés. L'équivalent des Affaires internes chez les ewoks mais disposant des moyens de l'État. Le colonel aimerait avoir plus de temps à nous consacrer, cependant il est attendu d'urgence à Taverny. Un gendarme ivre se serait battu avec des miliciens à lui, il doit aller calmer le jeu, car ici, c'est la République, on doit tous défendre la même cause. L'unité nationale, le respect des institutions.

– Certains nous comparent aux islamo-wokistes ou aux ligueurs, mais ils se trompent ! Nous sommes un organe du gouvernement. Les policiers sont partis, ils avaient leurs raisons, nous pouvons les entendre et d'ailleurs, je peux vous confier que nous travaillons à leur retour. En attendant, nous avons le devoir d'agir, car rien n'est pire que le désordre.

Françoise lui lance un regard énamouré qui le flatte avant d'ajouter :

– Mais dites-moi, puisque l'on est entre nous et que nous venons d'échapper à l'anarchie wokiste, tout était calculé depuis le début, n'est-ce pas ?

– Calculé, je ne comprends pas ce que vous voulez dire ?

– L'attaque du 6 février, vous l'aviez anticipée ? Vous saviez qu'au point où les choses en étaient arrivées dans le pays, rien ne servait de retarder l'épreuve de vérité. Pour arriver à restaurer l'ordre, il fallait accepter de passer par une phase de désordre, non ?

De plus en plus perdu, il ne sait que répondre.

– Ne vous inquiétez pas, colonel, je ne vous demande pas de me révéler des secrets d'État. Merci infiniment de vous être occupé de nous. Je ne l'oublierai pas.

Soixante ans, un visage taillé à la serpe, notre nouveau chauffeur n'est pas loquace. Tony lui transfère les coordonnées GPS des deux haltes que nous devons effectuer avant de prendre la route de Chartres, il opine du chef puis démarre. Après avoir contourné la station d'épuration et salué les gendarmes en faction, il s'engage sur une route forestière et met en marche les écrans, Gamma 17, une chaîne d'*infotainment* progouvernementale que je n'ai pas regardée depuis des mois. Elle était allumée en permanence à la boutique de *weed* qui avait ouvert au carrefour Moret-Oberkampf dès l'annonce de la légalisation par Humbert au lendemain de son élection, et au club Neo-Fit du boulevard de Belleville ou j'allais faire de l'elliptique deux fois par semaine. À partir du 6 février, sans qu'aucune directive ait été prise, tous les lieux publics de la zone est ont banni les médias favorables au président. Plus grand monde n'était prêt à supporter que le sourire benoît de Brandon Humbert occupe l'écran lors de ses insupportables « causeries au coin du feu » rediffusées à toute heure du jour et de la nuit, en alternance avec des clips de natio-rap et des vidéos de propagande.

Après trois mois de sevrage, ça me fait un drôle d'effet de voir des jeunes portant le tee-shirt rayé frappé du logo du Service national égalitaire nettoyer une plage sur la côte atlantique. Une jeune fille blonde se réjouit d'être utile à la société, de redonner sa beauté naturelle à cette plage défigurée par des vacanciers indociles et des hooligans inciviques. Elle n'oublie pas de remercier le chef de l'État pour cette « opportunité extraordinaire » avant de céder la place à un rappeur arabe qui, seul devant un immense drapeau tricolore, jure, la main sur le cœur, fidélité à la France, le pays qui lui a tout donné. Comment peut-on, en si peu de temps, diffuser une telle quantité de conneries ?

Bienvenue de l'autre côté.

Bien sûr, les ewoks aussi font de la propagande mais, étant donné le nombre de tendances qui se bousculent au sein du Front uni, elle est assez foutraque. C'est à leur joyeux bordel que Grégoire Carat tente de mettre un terme. Comme si cela pouvait retarder la défaite annoncée.

Dix minutes plus tard, le véhicule s'arrête à l'intersection d'un chemin de terre. Emmanuel se lève et adresse un clin d'œil à Bakary. Notre ex-chauffeur descend du minibus avant de grimper à l'arrière d'une moto qui émerge d'un nuage de poussière. Il retourne à Aubervilliers.

Sur son brancard, Arnaud ouvre les yeux. Bak l'aide à se redresser, Tony lui sert un gobelet d'eau puis lui tend une barre de céréales sortie de son sac magique. Il la contemple, avant de la dépiauter et de la grignoter lentement. Il y a une semaine, il a perdu conscience dans une infâme geôle où son avenir se résumait à souffrir, souffrir, souffrir et puis crever comme un chien. Aujourd'hui, il regarde défiler les arbres derrière la vitre, et plie soigneusement l'emballage en plastique de sa friandise. Une manière comme une autre de se réhabituer à la banalité de l'existence. Pour le moment, il évite le sujet de Soraya. Il l'a cru morte, il la sait vivante mais toujours en danger, tout est trop douloureux. Il dit des choses simples comme : « À l'époque où j'étais chez les scouts, ma mère m'achetait des Snickers pour mes sorties ; elle paniquait à l'idée que je fasse une crise d'hypoglycémie, je n'ai jamais compris pourquoi », des choses de la vie. Puis il se tait. Cette balade dans les bois est un cadeau. Il en profite et nous aussi.

En sortant de la forêt, nous traversons Poissy. Des pavillons en meulière, aucune trace de combats, ici tout se poursuit comme si de rien n'était. Un bar, une boucherie, un fromager, une pâtisserie. Je ne sais pas combien coûtent une entrecôte et un éclair au chocolat, mais si j'en juge par le nombre de gens qui attendent, ça ne rebute pas le client.

La paix, ça ressemble à des bourgeois qui font la queue pour des gâteaux.

Nous continuons de rouler vers le sud-ouest. Les premiers champs apparaissent. Les fermes d'ici approvisionnent Poissy, Versailles et Saint-Germain-en-Laye, et leurs produits se vendent à prix d'or à Aubervilliers, Montreuil ou Clichy-sous-Bois. La plupart des zones rurales ou semi-rurales comme celle que nous traversons sont contrôlées par le gouvernement ou la Ligue, car il y a bien longtemps que la télé a appris à leurs habitants à avoir peur des hordes basanées vivant dans les banlieues. Des champs de blé, des champs de colza, des champs de tournesols. Des serres, des vergers, des bâtisses. Gamma 17 diffuse maintenant un reportage sur la manière dont les députés de la nation sont parvenus à trouver leurs marques dans les locaux de Chartres Métropole. Sixtine Durand-Lefebvre fait visiter les lieux. Elle vante les qualités d'accueil des Chartraines et des Chartrains ainsi que la douceur de vivre dans cette ville à taille humaine. J'incline mon siège vers l'arrière et je ferme les yeux.

18

Je suis réveillé par la manœuvre du minibus. Il franchit un porche étroit, pénètre dans une cour et se gare entre un tracteur et un vieux pick-up maculé de boue. Nous débarquons Françoise, puis, soutenu par Tony, Arnaud parvient à descendre du véhicule seul. J'éprouve une vraie joie à l'entendre faire crisser le gravier et à le voir s'arrêter pour aspirer une bolée d'air.

Sybille Cuvelier, notre hôtesse, est capitaine de gendarmerie à la retraite. C'est à elle que le juge d'instruction avait confié l'enquête sur l'attaque porcine de la mosquée d'Argenteuil après avoir dû, suite à l'intervention de Françoise, la retirer à la police. Quelques mois après le procès, elle a quitté le service pour s'installer dans la propriété héritée de ses parents. Passionnée d'horticulture, elle nous raconte en nous servant le café dans le jardin comment elle a réussi à acclimater à ce coin tranquille des Yvelines des espèces qui jusqu'à la décennie précédente n'auraient pas survécu au nord de la Sicile ou de l'Andalousie.

Sans dissimuler son ennui, notre chauffeur se lève et remonte dans son minibus. À l'abri des oreilles indiscrètes, la conversation change de nature. Françoise explique à son amie les circonstances de notre fuite. Sybille nous dit que nous sommes les bienvenus. La guerre rend tout le monde fou. Quand elle voit ce que deviennent certains de ses anciens collègues, elle est heureuse d'être revenue à la vie civile. Même si elle se sent chaque jour plus perdue.

– Avant-hier, j'ai été réveillée vers 2 heures du matin par des bruits bizarres en provenance de la route : des chuintements, des pas, des voix étouffées. J'ai enfilé un imper et je suis sortie. Trois autocars étaient immobilisés juste devant la ferme. Le chauffeur était en train de changer une roue de celui du milieu. À la lueur des veilleuses, j'ai pu voir que tous les sièges étaient occupés. On parle de cent cinquante hommes, femmes et enfants, des Noirs et des Arabes majoritairement, mais il y avait aussi des Blancs. Tous étaient calmes. Apathiques, même. Un milicien en uniforme de la Ligue française s'est approché de moi, fusil-mitrailleur en bandoulière. Je me suis présentée et lui ai demandé ce qu'il faisait ici, à plus de vingt kilomètres de ses lignes. Il m'a dit de voir ça avec mes collègues. À quelques pas, trois gendarmes fumaient à côté de leur véhicule. L'un d'eux m'a expliqué que sa mission était d'escorter le convoi jusqu'à la frontière du territoire de la Ligue, entre Mantes et Évreux. Le reste ne le regardait pas et moi non plus. Il était tard, d'ailleurs, je ferais mieux d'être au lit et de profiter de ma retraite d'officier au lieu de courir la campagne en chemise de nuit. Je ne suis pas facile à impressionner mais son ton m'a glacée. Je suis rentrée.

Sybille se tait et dans mon estomac, je sens une boule compacte d'angoisse. Elle nous explique ensuite qu'elle vient d'une famille de militaires. La veille, elle a invité son cousin, un ex-officier recyclé dans la haute fonction publique, à déjeuner à la cafétéria Ikea de Plaisir. Devant un plat de boulettes suédoises et après l'avoir questionnée sur sa nouvelle vie tout en vérifiant que personne ne se trouvait à portée d'oreilles, il lui a confirmé que la Ligue avait mis sur pied un vaste programme de « relocalisation des Français par défaut ». Une initiative à laquelle Brandon Humbert a apparemment promis d'apporter son soutien.

L'information est difficile à digérer. On imaginait bien qu'un accord de coalition pourrait être l'épilogue du cauchemar que le pays vit depuis des mois. Mais je n'arrive pas à croire que le président est en train de mettre en œuvre avec les assassins d'Albertine Kouadio la déportation des Arabes et des Noirs de France. Jusqu'au 6 février, tous les commentateurs la présentaient comme *the one*, celle qui, un jour, qui sait, pourrait succéder à Humbert. À moins qu'une catastrophe de grande ampleur ne se produise. À moins qu'une bande de nostalgiques ne demandent l'autorisation de manifester devant l'Assemblée nationale pour célébrer l'anniversaire des émeutes fomentées le 6 février 1934 par les ligues fascistes dans le but de renverser la République. À moins que, pour des raisons connues de lui seul, le ministre de l'Intérieur n'autorise ce rassemblement séditieux. À moins que la police ne laisse les nostalgiques en question investir le parvis de l'Assemblée nationale, lourdement armés. À moins que, face à ces circonstances exceptionnelles et tragiques, la France n'ait soudain besoin de stabilité jusqu'à ce que le pays retrouve la tranquillité. À moins que l'homme providentiel capable de sauvegarder la démocratie soit celui au pouvoir. Cela prendrait du temps, cela demanderait des sacrifices. Il pourrait être nécessaire, par exemple, d'aborder avec un peu plus de souplesse le sacro-saint concept des droits humains.

C'est comme si la lumière s'allumait d'un coup dans mon cerveau. Je me tourne vers Françoise.

– Putain, j'ai enfin compris ce que tu essayais de faire dire au colonel tout à l'heure. L'attaque du 6 février, la pendaison de Kouadio, la guerre civile. Tout était prévu depuis le début, c'est ça ?

– Dans les grandes lignes, oui.

– Tu le sais depuis quand ?

– On s'en doutait mais on a fini par en avoir la confirmation grâce à une de nos taupes au siège de la Ligue à Versailles. Je peux le dire maintenant, car il a été identifié et exécuté. Humbert ne supportait pas de voir la présidente de l'Assemblée s'autonomiser. Il avait cru qu'elle lui obéirait au doigt et à l'œil, mais Albertine Kouadio n'était pas comme ça. Elle avait des convictions et de l'ambition. Vu qu'Égalité ne disposait pas de majorité absolue et que le pays était bloqué par des mouvements sociaux, elle a commencé à négocier discrètement un accord de gouvernement avec la gauche. Ça a rendu le président d'autant plus dingue que la popularité de Kouadio grimpait en flèche. Alors, le ministre de l'Intérieur, en accord avec ses amis du syndicat Harmonie et les patrons de la Ligue, ont élaboré ce plan de partage du pouvoir.

– Tu veux dire que ces horreurs ont été commises pour une vulgaire histoire de jalousie ?

– On peut le résumer comme ça, oui.

– Mais c'est encore pire que tout ce que j'aurais pu imaginer !

– Le pouvoir rend fou. L'hubris, le fantasme de toute-puissance. Tu arrives au sommet et tu te crois l'égal des dieux. Mais ce qui te rend fou, en réalité, c'est que tu es tout petit et que tu vas mourir comme les autres.

Sybille achève de nous raconter sa rencontre avec son cousin. Ce dernier, haut fonctionnaire, a prétendu ne pas savoir ce que signifie exactement le mot « relocalisation ». Mais à force d'insister, Sybille a réussi à lui faire dire que les cars ont pour destination des gymnases, des couvents désaffectés, des stades ou des internats, et que l'objectif semble être la rééducation plutôt que l'extermination. « Il se peut qu'il y ait quelques dégâts collatéraux », a-t-il concédé, « mais ça ne concernera que les fortes têtes, et ceux-là, on ne les regrettera pas, hein ? » Elle n'a pas pu finir ses boulettes mais son commensal a attaqué avec un bel appétit sa tarte aux amandes, chocolat et caramel. Il est ensuite reparti en direction du Steakhouse des Clayes-sous-Bois où le gouvernement a installé un poste d'observation avancée. D'après lui, les dernières défenses de Trappes, encerclée, ne vont pas tenir plus de quarante-huit heures. Dans un sourire, il a glissé que la quantité de cars qui convergent vers la zone est impressionnante. « Les transporteurs les plus malins vont gagner une petite fortune sur ce coup-là ! J'aurais dû investir à temps dans le secteur… »

19

Une plainte s'élève. Arnaud. Il a tout suivi, mâchoires serrées. Au milieu des larmes, il prononce le nom de sa femme et de son fils. Il doit partir d'ici tout de suite, aller les chercher avant qu'il soit trop tard. Il se lève, renverse sa chaise, marche vers la porte. Bakary le rattrape, lui explique qu'il ne peut pas y aller tout seul, sans un plan. Il va se faire tuer et ça ne sauvera personne. Tony prend le relais. Un plan, justement, on en a un. Il faut juste qu'il nous laisse un peu de temps pour le finaliser.

Arnaud se calme. Bakary, Françoise et Sybille se rassemblent autour de lui, Tony me fait signe de le rejoindre dans le jardin. Daphné est furieuse ; elle pense que c'est une folie de se rapprocher de Trappes où les bombardements ont déjà fait des centaines de victimes. La situation est trop volatile, on peut se prendre un obus ou se faire enlever par des ligueurs. Tout ça pour sauver une femme à qui j'ai parlé en tout et pour tout deux fois au téléphone.

Mais Tony a réussi à lui faire comprendre que je n'allais pas en démordre et que si elle voulait vraiment m'aider, il fallait qu'elle implique Sixtine. Après tout, elle pourrait en tirer profit si elle réussit cette opération, Humbert lui en sera reconnaissant. La députée s'est rapprochée de la Croix-Rouge des Yvelines, qui prépare une évacuation avant l'assaut final. Elle va s'assurer que Soraya et son fils monteront bien dans le bus et s'arrangera avec les boss de la Ligue pour que leur sécurité soit garantie. Mais avant de lancer l'opération, elle doit parler avec Arnaud. Rendez-vous est pris pour une visio dans quarante-cinq minutes. La conversation sera enregistrée et des extraits pourront être transmis aux médias le moment venu. Il ne reste plus qu'à le préparer et à trouver le cadre parfait.

Dans mon estomac, c'est maintenant la révolution. Je me lève, effectue quelques pas et vomis sur la pelouse.

Depuis sa permanence électorale de Chartres, Sixtine dirige les opérations. Écran à la main, Tony lui fait visiter à distance le jardin ; orangers, citronniers, oliviers, genêts, grenadiers, jasmins, c'est une explosion de couleurs mais aucune ne la séduit. « C'est très beau, tout ça, mais on se croirait en Provence, pas dans les Yvelines ! Les spectateurs ne vont rien comprendre ». Soudain, elle lui demande de s'arrêter. Ça y est, elle a trouvé le cadre idéal. À gauche, un buisson de roses couleur saumon ; à droite, une barrière blanche derrière laquelle part un petit chemin bordé de fougères et de chênes. L'ensemble compose une ode à la France éternelle. « Ici, c'est parfait ! Fais-le s'asseoir sur la chaise, non, pas celle-là, l'autre, avec le bois délavé.

Élargis un peu le cadre, voilà, comme ça. Donne-lui un peu d'air au-dessus, on a besoin de respirer. Nickel, on ne bouge plus ! » La députée est debout devant son bureau en métal brossé, sur lequel apparaissent au premier plan un portrait de Brandon Humbert et un exemplaire de *L'Ancien Régime et la Révolution* d'Alexis de Tocqueville – et je préfère ne pas deviner pourquoi elle l'a placé là. En arrière-plan, une fenêtre donne sur le parvis de la cathédrale de Chartres. Modernité, sobriété, tradition, l'image soigneusement composée résume sa ligne politique.

Trente-cinq ans, cheveux courts, la fiancée de ma fille arbore le même sourire (empathique, concerné, professionnel), qu'au jour de notre rencontre au restaurant de la Maison de l'Amérique latine. Le même que celui du cadre de Meta que Daphné avait fini par ne pas épouser.

Avant de lancer l'enregistrement, Sixtine explique à Arnaud qu'il doit éviter les sujets clivants. Pas question d'aborder l'attaque de la Fourmi ou sa conversion à l'islam. Son histoire d'amour est laïque, républicaine et *colour-blind*. Un couple séparé par la guerre, voilà tout. Il proteste et sans cesser de sourire, elle lui rappelle qu'elle représente sa seule chance de sauver sa femme et son fils. « Maintenant, c'est à toi de voir, hein. Mais l'assaut est programmé et ils ne feront pas de quartier. Si tu veux les récupérer vivants, tiens-t'en au script, c'est le seul conseil que je peux te donner. On est raccord ? » Les épaules d'Arnaud s'affaissent. Sixtine continue d'énumérer les consignes. Il a le droit de critiquer l'étroitesse d'esprit de sa famille mais il serait de mauvais goût de dire qu'il a été séquestré à domicile. De la même manière, il ne faut pas dire de mal de la Ligue. En revanche, s'il pouvait traîner les wokistes dans la boue et parler en bien des autorités gouvernementales, ce serait apprécié. Il ne reste plus qu'à inventer un itinéraire fictif qui l'aurait mené d'un territoire à l'autre. Pour le reste, de l'émotion, de la dignité et tout va bien se passer. Arnaud s'époussette, se redresse, plante ses yeux dans ceux de l'écran.

Recording has begun.

– Arnaud, vous faites partie de ces milliers de Français qui ont été séparés par la Situation et que le gouvernement met tout en œuvre pour aider. Pouvez-vous me dire en quelques mots ce qui vous est arrivé ?

– Ma compagne est de Trappes, je suis de Versailles. Nous étions encore étudiants et chacun vivait chez ses parents. Elle est tombée enceinte, on a décidé de garder le bébé, notre enfant. On s'aime.

– Vous vous aimez, mais votre famille n'était pas prête à ouvrir ses portes à Soraya, c'est bien cela ?

Son élection aux dernières législatives ne lui a rien fait perdre de ses réflexes d'animatrice télé. Elle mène son entretien comme s'il s'agissait d'un épisode de *C'est la vie !*, l'émission qu'elle animait chaque jour à 11 h 30 sur Gamma 17.

– Ma mère aurait pu s'y faire, mais mon père et mon frère n'auraient jamais accepté que j'épouse une Arabe. Le 6 février, Soraya et moi nous sommes retrouvés de part et d'autre de la ligne de front. Cinq semaines plus tard, notre fils est né et les bombes commençaient à tomber sur Trappes. Je passais mon temps à essayer d'avoir des nouvelles. Stanislas a fini par s'en rendre compte.

– Stanislas, c'est votre frère, n'est-ce pas ?

– Oui. Il a découvert l'existence de Soraya et Ilyas. Il en a parlé à notre père et ça a été terrible. Ils ont… ils m'ont…

– Nous comprenons votre émotion, il n'y a rien de plus douloureux que de ne pas être compris par les siens. Vous m'avez expliqué avant l'enregistrement qu'à ce moment-là, vous avez eu une franche explication avec eux et que vous êtes parti. Racontez-nous un peu votre périple.

– Au début, je suis allé sur le campus de Jouy-en-Josas, où j'étudie pour être paysagiste.

– Un merveilleux métier ! La France a tant de beaux paysages à mettre en valeur. Mais poursuivez, je vous en prie.

– Grâce à un camarade, j'ai rencontré un passeur qui m'a fait quitter le territoire de la Ligue pour la zone gouvernementale. De là, un autre passeur m'a fait arriver jusqu'à Massy. Vous comprendrez que je reste vague sur ce point.

– Nous le comprenons, de même que nous comprenons que la Situation, comme toute catastrophe humaine, fait surgir les profiteurs et les voyous. Il y a une chose, en revanche, que je ne saisis pas bien : pourquoi n'êtes-vous pas resté en sécurité en zone gouvernementale ? Pourquoi aller chez les wokistes ?

– Je croyais qu'ils m'aideraient à sauver Soraya et Ilyas. Mais je me trompais. Pour eux, l'enclave de Trappes est fichue. Ils ont tiré un trait dessus. Les habitants de la zone ne sont que des morts en sursis. Dès que j'ai compris cela, j'ai cherché à traverser la ligne de démarcation mais j'ai été arrêté par le contre-espionnage wokiste. Ils étaient persuadés que j'étais un infiltré.

– Vous avez subi des tortures, des mauvais traitements ?

– Disons que ça n'a pas été le meilleur moment de ma vie. Mais j'ai tenu bon en pensant à Soraya, en me disant qu'il fallait que je fasse tout pour la retrouver et faire la connaissance de mon fils. Au bout de dix jours, quand on m'a enfin laissé partir, je ne suis pas parvenu à les joindre. Là, ça a été terrible. J'ai cru qu'ils étaient…

– Vous avez cru qu'ils n'avaient pas survécu mais vous avez fini par apprendre qu'ils étaient vivants. C'est là que j'ai entendu parler de votre histoire déchirante et que j'ai décidé de tout faire pour que vous puissiez les retrouver.

– Merci.

– C'est moi qui vous remercie, Arnaud. Nous croyons à ce pays, vous savez, nous croyons en sa jeunesse, en son avenir. Arnaud de Versailles et Soraya de Trappes, ça rappelle tant d'histoires d'amour interdites. Tristan et Yseult, Héloïse et Abélard, Roméo et Juliette. Mais en 2030, ça ne doit pas se terminer en tragédie. Pas dans la France que nous voulons. Nous allons en rester là pour le moment, car l'urgence, c'est de les sauver.

Recording has stopped.

Sixtine est ravie, l'entretien est parfait. Elle va foncer vers le Steakhouse des Clayes-sous-Bois, où elle est attendue par les dirigeants de la Ligue. Nous devons l'y rejoindre pour qu'Arnaud puisse, de là-bas, convaincre Soraya de monter dans un bus de la Croix-Rouge. À peine la députée a-t-elle mis fin à la communication que Daphné m'appelle. Elle est furieuse contre Tony, contre moi, contre la terre entière. Au lieu de venir la rejoindre à Chartres, loin du danger, on a réussi à attirer sa compagne près de la ligne de front. Résultat, maintenant, elle a peur pour nous tous. Et comme il lui serait insupportable de rester seule à la maison à attendre que ça se passe, elle accompagne Sixtine. Rendez-vous sur place dans une heure trente.

Quand nous arrivons dans la salle à manger, Bakary exulte. Il vient de recevoir un appel d'Emmanuel. Djénéba est tirée d'affaires ! Virginie Fortin, en revanche, n'a pas survécu. Comme prévu, Grégoire Carat a pris le contrôle du Fort et mis Nacéra en résidence surveillée. Mais, dévasté par la perte de sa jeune amante, handicapé par son absence de charisme et par le refus de la sous-commandante de le soutenir publiquement, il est en train de se mettre tout le monde à dos et ne va pas tarder à tomber comme un fruit mûr. Nacéra reprendra sa place juste à temps pour accomplir une tâche pénible mais nécessaire. Car, maintenant que l'accord de gouvernement entre Humbert et la Ligue se profile, la défaite des wokistes est inéluctable. Il va donc falloir négocier les termes de la reddition et préparer la suite. Dès que Carat aura été retiré du circuit, Françoise, qui, en avocate chevronnée, a une longue habitude des négociations, est appelée à jouer un rôle déterminant aux côtés de Nacéra. Pour qu'elle puisse le faire en toute sécurité depuis chez Sybille, Tony vérifie la configuration de ses appareils. Quant à Bakary, il veut retourner dès que possible au Fort ; un des motards d'Emmanuel est déjà en route pour le récupérer. Retrouver Djénéba… Quels que soient les combats à venir, il veut les mener à ses côtés. Je le prends dans mes bras ; cela me surprend. Comme avec Daphné, tout à l'heure au téléphone, je sens les larmes couler. En une semaine, j'ai gagné un fils, que déjà il me faut perdre : il a grandi à toute vitesse. À en juger par la manière dont il me serre le bras jusqu'à me faire mal, ça n'a rien de facile pour lui non plus. Et puis il se détache, les yeux embués. Je lui dis que j'ai été heureux de le rencontrer, mais que c'est le lot de sa génération d'avoir le monde à sauver puisque la mienne a échoué. Il va vers son danger, j'ai confiance. Ils sont protégés par les ancêtres, lui et Djénéba. Et contre ça, les fragiles vainqueurs d'aujourd'hui ne connaissent pas de parade.

Avec Françoise et Sybille, les adieux sont plus sobres, interrompus par le chauffeur qui s'impatiente. Arnaud, Tony et moi, nous remontons dans le minibus et ce sont de nouveau des champs, des bois, des villages.

Au moment où nous pénétrons dans un lotissement pavillonnaire, une rumeur se fait entendre et se précise peu à peu. Le bruit sourd des obus de mortier nous accompagne tout au long de notre progression dans la zone commerciale. Et c'est comme si cette sinistre bande-son révélait la nature profondément anti-humaine des cubes métalliques qui se succèdent. Decathlon, Castorama, Ikea, Cultura, Fitness Park, Boulanger, Maisons du Monde, Casa. Quelles fautes avons-nous donc commises pour que les urbanistes se soient sentis autorisés à nous infliger ces *malls*, ces ronds-points, ces souterrains, ces bretelles d'accès, ces parkings enfin, comme celui du Steakhouse sur lequel nous nous arrêtons ? Mais il n'est plus temps de se poser cette question. À la descente du minibus, je tombe dans les bras de ma fille.

20

Tout autour, des SUV aux vitres teintées, des véhicules de transport de troupes aux phares grillagés, des gendarmes lourdement harnachés et des miliciens armés qui font comme s'ils ne nous voyaient pas. Ça n'a pas la moindre importance. La seule chose qui compte, c'est qu'enfin, nous soyons réunis. Mais au bout d'un certain temps, le réel vient réclamer ses droits. Un raclement de gorge nous fait comprendre que le temps des retrouvailles est terminé et que la politique doit reprendre. Toujours aussi souriante, professionnelle et flippante, Sixtine nous explique que l'exfiltration est prévue dans une heure. Elle nous demande de la précéder à l'intérieur pendant qu'elle prépare Arnaud au rôle de sa vie. Trois des principaux dirigeants de la Ligue l'attendent dans le restaurant, mais qu'il ne s'inquiète pas, son père n'est pas parmi eux. Suite à la découverte de documents compromettants, il vient d'être exclu du conseil suprême du mouvement. Arnaud devra simplement convaincre ses interlocuteurs que ni lui ni sa femme ne représentent le moindre danger pour eux ; que tout ce qu'ils souhaitent, c'est mener une vie paisible, si possible loin d'ici. « S'il ne s'écarte pas du script, il récupère sa famille, l'accord de paix est signé, c'est la fin de la Situation. »

Il y a dans cette phrase tant de sous-entendus et de non-dits que je ne tiens pas à en entendre plus. Daphné, Tony et moi, nous entrons dans le Steakhouse. On nous a attribué une table, tout au fond de la salle. À l'autre bout du restaurant, nous voyons, de dos, les membres des services de sécurité qui entourent Sixtine, Arnaud et les négociateurs des deux camps. Il est impossible d'entendre ce qu'ils se racontent. Machinalement, je déchire en mille morceaux le sachet vide d'une dosette de sucre qui traîne à côté d'une tasse de café maculée et je repense au rêve que j'ai fait sous les étoiles d'Anne-Laure Segura à Aubervilliers. Le soleil se couchait sur l'océan, habillés de tissus chatoyants, des gens marchaient sur la plage, du poisson grillait sur des braseros. Assis devant une bière, je les contemplais et je me sentais bien. Tout simplement. L'image était puissante. Je ferme les yeux, le rêve est toujours là.

Il me faut un moment pour en ressortir et comprendre que Daphné me parle. Le front plissé, elle m'explique que l'ensemble du Steakhouse a été réquisitionné par le Service gouvernemental. C'est le SG qui a la haute main sur les tractations avec la Ligue. Quand Sixtine les a contactés pour leur dire que nous avions besoin d'aide, ils ont tout organisé très vite. Pour eux, le fils Fontaine est une prise de choix. Exactement ce dont ils avaient besoin pour finaliser en beauté la négociation avec la formation d'extrême droite, tout en se débarrassant de ses dirigeants les plus infréquentables. Retransmises en direct sur Gamma 17 et sur la chaîne ultranationaliste DDS, les retrouvailles du rejeton d'un chef déchu du mouvement avec sa famille arabo-musulmane permettront de prouver à tous les sceptiques que la Ligue n'est pas ce qu'ils croient, et que le président Humbert a raison de s'allier avec eux plutôt qu'avec ces irresponsables wokistes. Quelle que soit leur couleur ou leur religion, tous les citoyens respectueux de la loi, du drapeau, de la laïcité et du christianisme sont les bienvenus dans la nouvelle France. Je demande à Daphné si elle est au courant pour les cars. Elle acquiesce. Son visage est d'une pâleur effrayante.

Soudain, un grand mouvement de chaises. Arnaud se lève et serre la main à quatre hommes trop lisses pour être honnêtes qui quittent la salle, suivis de leurs gardes du corps. Il se rassoit et se penche vers l'appareil que lui tend un type assis entre Sixtine et lui. Sans nous concerter, nous nous levons, Daphné, Tony et moi, et marchons vers sa table. Le gars en question tente de nous bloquer mais la députée lui fait signe de nous laisser passer.

Soraya porte une blouse qui a dû, un jour, être blanche. Elle n'a plus grand-chose à voir avec la jeune femme souriante photographiée à la chicha en juin dernier. Ses traits sont creusés, ses cheveux sales. Derrière elle, on distingue un amoncellement d'armoires et de chaises.

Quelque chose dans son regard indique que nous n'habitons pas la même dimension. Quand Arnaud la supplie de monter dans le bus de la Croix-Rouge, elle met en marche la caméra arrière et l'on voit s'afficher un spectacle apocalyptique. Des hommes, des femmes, des enfants sur des lits, sur des matelas à même le sol. On entend des râles. Elle revient à l'image pour lui demander sur quelle planète il vit pour s'imaginer qu'elle peut abandonner ses patients. « Tu sais où ils vont ces cars, Arnaud ? Est-ce que tu as la moindre idée de ce qui se passe ? De ce qu'ils font des gens comme nous ? » Alors qu'elle s'apprête à couper la communication, Sixtine intervient. Elle lui explique qu'un cessez-le-feu de trois heures a été négocié entre les parties sous l'égide de l'envoyé du Comité international de la Croix-Rouge pour permettre l'évacuation des cinq cents femmes et enfants qui ont réussi à rejoindre le point de rassemblement. Mais la Ligue a mis une condition à cet accord : il est impératif que Soraya et Ilyas fassent partie du convoi et qu'elle joue ensuite le jeu face aux caméras. Elle la supplie de bien réfléchir, car de sa réponse dépend la vie de cinq cents personnes, dont celle de son fils. N'a-t-elle pas envie de le voir grandir ? En un souffle, Soraya réplique : « Dans ce monde, honnêtement, je ne sais plus… » Chacun suspend sa respiration. D'une voix blanche, elle finit par annoncer « Je le ferai » avant de raccrocher.

Le bruit sourd qui nous accompagne depuis notre arrivée cesse d'un coup. Je regarde autour de moi, l'air perplexe, quand le gars qui a tendu l'écran à Arnaud m'annonce que la trêve a commencé. « Les bombardements ont cessé. Dès que le bus aura passé tous les checkpoints et touchera notre territoire, il y aura une dernière pluie d'obus puis ce sera l'assaut final. Mais ne vous inquiétez pas, nous serons tous loin d'ici. » Il me tend la main et ajoute : « Au fait, je m'appelle Mehdi. Je suis très honoré de faire votre connaissance, Monsieur Kassim. Vous êtes une inspiration pour nous tous. ».

Je lui serre la main, pas moyen d'y couper, et m'éloigne pour masquer mon dégoût. « Une inspiration pour nous tous », qu'est-ce qu'il peut bien vouloir dire, ce connard ? Daphné et Tony m'emboîtent le pas. Sixtine reste avec le collabo, qui augmente le son de la télé. Je me rends compte que tous les écrans de la salle retransmettent la même image d'un convoi de huit ou neuf bus avançant au milieu des décombres, précédé par un SUV de la Croix-Rouge et suivi par de vieilles Jeeps peintes aux couleurs de Trappes-Résistance, la milice locale. Depuis le début de la Situation, aucune autre ville française n'a autant souffert. La volonté d'anéantissement versaillaise est proprement sidérante. Et cela s'est passé sous les yeux des forces humbertistes qui ne sont qu'à quatre kilomètres du front et disposent d'officiers de liaison sur place. Je me sens mal d'avoir aidé à organiser cette sordide opération de communication, et j'ose à peine imaginer à quel point cela doit être douloureux pour Soraya de s'y prêter.

Filmés par les drones de Gamma 17, les autobus s'arrêtent en file indienne devant le hangar de la communauté Emmaüs. Le bâtiment est l'un des seuls de la zone commerciale à rester debout. Une dizaine d'agents de la Croix-Rouge en descendent et se mettent en position. Les premières femmes sortent du bâtiment. Des gros plans impitoyables les montrent épuisées et amaigries. Au-delà des mots. Plus impressionnant encore est le silence des enfants. Les bébés, eux-mêmes, n'émettent aucun cri. Les agents scannent les visages et une fois la reconnaissance faciale effectuée, les évacués sont dirigés vers les bus. Le commentateur de la chaîne de propagande emplit l'espace sonore avec des mots galvaudés comme « paix », « rassemblement », « négociations », « humanitaire ».

Bullshit sur *bullshit*.

Sa parole insipide continue à se déverser des haut-parleurs, et une vingtaine de personnes arborant un gilet rouge envahissent la salle. Ils sont là pour transformer le Steakhouse en centre nutritionnel thérapeutique. Avant de donner à manger aux réfugiés, il faut les examiner et voir ce qu'ils sont en état d'ingérer. Dans les cas de malnutrition les plus graves, une réalimentation trop rapide pourrait être fatale. Les médecins et les infirmiers installent leurs appareils et préparent les solutions de réhydratation par voie orale, les perfusions, les compotes et les barres protéinées. Et nous, nous scrutons les écrans à la recherche de Soraya. Aucun signe d'elle. Toujours escortés par les jeeps de Trappes-Résistance, les bus redémarrent et traversent une autre partie de la ville, détruite elle aussi. Et puis, au milieu de nulle part, le convoi s'arrête derrière une voiture dont sort une femme avec un bébé dans les bras. Assis à côté de moi, Arnaud murmure le nom de sa femme. On distingue mal son visage, mais il l'a reconnue. Elle monte dans le premier véhicule, la porte se referme, les bus repartent.

Quelques minutes plus tard, le convoi atteint le dernier checkpoint trappiste, situé au niveau d'un McDo. Les jeeps restent là. Ensuite, c'est un no man's land puis le barrage ligueur. Là, des miliciens avec des chiens inspectent les véhicules. Le convoi reprend sa route, il parviendra en zone gouvernementale dans trois kilomètres d'après le commentateur, de plus en plus excité. Plus que quelques minutes avant l'arrivée au Steakhouse. Arnaud est pétrifié. Sur le ton engageant d'un gardien venant chercher le prisonnier pour l'exécution, Mehdi s'approche pour lui dire que c'est le moment. Il se lève, nous le suivons.

Sur le parking, le soleil se couche derrière le Decathlon dans un flamboiement orange. Les derniers miliciens de la Ligue quittent la zone dans un ballet de pick-up et de voitures aux vitres teintées. Ils reprennent la direction de Trappes où ils vont participer à l'assaut. Au loin, un bruit de moteur se fait entendre. Un SUV émerge du rond-point, suivi du premier autobus et de tous les autres. À leur bord, cinq cents femmes et enfants extraits in extremis de l'enfer. D'ici quelques minutes, Soraya et Ilyas vont en descendre, et Arnaud va la prendre dans ses bras devant la France entière. Mais qui sait ce que ce geste signifiera pour eux deux. La guerre les a transformés et avec ce que les Versaillais ont infligé aux Trappistes, et le massacre qui se prépare, comment Soraya pourra-t-elle pardonner les horreurs organisées avec soin par la famille de son homme ?

Le convoi s'engage maintenant sur le parking. Les gendarmes se mettent en position, les équipes de télé s'approchent des véhicules qui s'arrêtent les uns derrière les autres. Les portes s'ouvrent.

21

Soraya marche avec lenteur en direction d'Arnaud, soumise à l'impudeur des objectifs. Par une étrange illusion d'optique, l'espace qui les sépare semble s'élargir à mesure qu'il se rétrécit. Elle s'immobilise pour contempler cet homme que le destin s'est amusé à lui prendre avant de le lui rendre. Sur son visage comme dans son cœur, il porte les stigmates des tortures subies. Autant d'échos à toutes les souffrances qu'elle n'a pu apaiser, à toutes les vies qu'elle n'a pas réussi à sauver. Dieu ou le diable seuls savent pourquoi l'enfer les a recrachés après leur avoir infligé tant d'épreuves, et les voilà debout face à face sur ce parking, tenus de réinventer en direct devant des millions d'inconnus une histoire qui n'est peut-être plus la leur.

Daphné, Sixtine, Tony, Mehdi, les journalistes et moi les observons, aussi figés que les serviteurs du château de la Belle au bois dormant à l'arrivée du chevalier. Sauf que cette fois-ci, l'initiative appartient à la princesse. Elle s'avance de trois pas et tend la main vers le visage de son mari, dont elle parcourt lentement les contours, comme pour vérifier que sa peau se souvient bien de la sienne, avant de pivoter pour lui montrer Ilyas qui dort dans son kangourou.

Arnaud dépose un baiser sur les cheveux bouclés du bébé, un autre sur la joue de Soraya. Le plan de fin est si parfait que les journalistes coupent la caméra et remballent leurs affaires, pressés de filer vers Trappes où l'assaut ne va pas tarder à commencer. Leur fébrilité me ramène au réel. Ces retrouvailles seront bientôt utilisées par les politiciens pour justifier leurs sordides arrangements tout en dissimulant la quantité industrielle de violations des droits humains qui les accompagnent.

Mehdi nous ramène tous les six à l'intérieur du restaurant. Nous passons à l'arrière, dans des bureaux. Une médecin nous rejoint et s'isole dans une petite pièce avec Soraya et son fils pour les examiner. Arnaud s'assied, sous le choc. Tony tourne en rond en continuant d'échanger des messages avec Emmanuel, Françoise et Bakary. Quelque chose se passe du côté d'Aubervilliers. Sixtine parle tout bas au téléphone :

– J'avoue que c'est bien joué, tenez-moi au courant pour la suite. Ah, et pour Trappes, on s'est bien compris, pas de débordements ! D'après nos études auprès de groupes témoins, si le programme de relocalisation passe très bien auprès de l'opinion, le massacre des civils, nettement moins.

La députée raccroche et sent nos regards sur elle. Celui de ma fille surtout… Prétextant un truc à vérifier, elle sort du bureau, suivie de Mehdi. Dans un filet de voix, Daphné laisse émerger sa détresse et sa rage.

– Ça fait trois jours que j'ai appris l'existence de leur programme de relocalisation, et depuis, je ne dors pas. Le pire, c'est qu'elle ne s'en est même pas rendu compte. La seule chose qui l'intéresse, en ce moment, c'est de devenir ministre du gouvernement d'union nationale qui va être nommé dans les prochains jours. Le reste, que ce soit les déportations de citoyens français ou les dilemmes moraux de sa meuf, c'est secondaire.

Tony s'approche, pose une main sur son épaule.

– Je sais que tu voudrais penser à autre chose, mais tu dois nous dire ce que tu sais sur la « relocalisation ». On a appris pour les cars, les déportations, mais pour le reste, on est dans le brouillard. Où est-ce qu'on amène tous ces gens ? Qu'est-ce qu'on leur fait ?

– Ils veulent envoyer à la campagne ceux qu'ils appellent les « Français par défaut » pour leur inculquer l'amour de la patrie par le travail de la terre. Ça tient de Mao autant que de Pétain et du scoutisme. C'est le point central de l'accord entre le gouvernement, la Ligue et le plus grand regroupement de coopératives agricoles du pays ; car ce sont elles qui vont bénéficier de cette main-d'œuvre gratuite. L'objectif est de « traiter », comme ils disent, cent mille personnes par an. Plusieurs groupes cibles ont été identifiés : les musulmans (en commençant par les pratiquants), les écolos et les racisés les plus actifs sur les réseaux, les féministes pro-trans et pro-voile.

– Mais c'est gigantesque comme projet ! Ils ne peuvent pas l'avoir mis sur pied aussi rapidement.

– Tout était prêt depuis longtemps. Je suis tellement conne. C'était sous mes yeux et je ne voyais rien. Ils ont envoyé des missions d'étude en Chine et en Russie. Ils ont travaillé d'arrache-pied pour adapter leurs techniques aux spécificités françaises. Certains de mes collègues à Sciences Po ont fait partie de ces voyages. Des amis de Sixtine aussi, des députés avec qui elle siège à la commission des Lois. Tout le monde savait autour de moi. Bien avant que la guerre n'éclate. Tout le monde savait.

Les larmes coulent sur ses joues. Elle se reprend, s'essuie avec un mouchoir et respire profondément.

– Il faut que tu tiennes le coup... D'autant que la partie vient de s'achever à Aubervilliers. Lâché par ses alliés, Carat s'est enfui sur une moto qu'il avait planquée dans l'écurie du cirque équestre. Mais l'équipe d'Emmanuel y avait placé un GPS. Il a été rattrapé au bout de quelques kilomètres. Nacéra a un plan à proposer à ta députée.

La porte s'ouvre sur Sixtine. Il est temps de partir. Toute la zone commerciale a été réquisitionnée par l'armée. C'est ici que vont arriver les autres réfugiés de Trappes, avant d'être répartis vers différents centres d'accueil. Elle n'a pas besoin d'en dire plus pour nous faire comprendre que les témoins ne sont pas les bienvenus.

Soraya et Ilyas ont été examinés. Leur état leur permet de voyager. Nous nous dirigeons vers le minibus qui nous conduira à Chartres. Dans la salle du restaurant où les médecins et les infirmiers sont toujours à pied d'œuvre, des enfants sont assis par terre avec des cahiers de coloriage et des consoles de jeu. Certains boivent, d'autres mangent des barres de céréales ou dorment. Les mères les regardent, se demandant comment ce monde en paix a pu continuer d'exister à quelques kilomètres à peine de l'enfer où elles ont passé trois mois. J'ai envie de leur dire de fuir, de se cacher n'importe où, de ne pas monter dans les cars qui vont les emmener vers les fermes où l'État français a décidé de les transformer en citoyennes modèles amoureuses de la Marseillaise, de la laïcité et du drapeau. Mais je me tais. Où pourraient-elles se réfugier, dans ce pays devenu fou ?

Sur le parking, Tony se rapproche de la députée. Nacéra Mokadem veut lui parler. Les wokistes savent qu'ils ne gagneront pas cette guerre et que le pays va être dirigé par une coalition entre la Ligue et le parti de Humbert. La sous-commandante a une proposition à lui faire pour régler la crise sans nouvelles morts inutiles, si Sixtine est d'accord pour faire un petit détour jusqu'à une ferme à un quart d'heure d'ici. Françoise de Koninck l'y attend avec une liaison vidéo sécurisée connectée au QG du Front uni. L'élue d'Égalité sera de retour à Chartres dans la nuit avec un plan de paix qui plaira aux groupes témoins et donc au président.

Nous montons dans le minibus et la députée donne l'ordre au chauffeur de mettre le cap sur la ferme de Sybille. Assis à l'avant, Tony et Sixtine se lancent dans une grande discussion d'où émergent des mots comme « Drôme », « Larzac », « Ariège » ou « autonomie », mais je n'y prête pas attention. Daphné est assise à côté de moi. À l'arrière, Arnaud, Soraya et Ilyas se sont endormis.

À cet instant, rien ne m'importe plus au monde que ces quatre êtres.

Nous croisons une colonne de véhicules militaires. Comme par enchantement, l'armée, qui est restée officiellement neutre pendant toute la durée du conflit, réapparaît en fin de partie. Prête à jouer le rôle qu'on veut bien lui attribuer à condition qu'un semblant de légalité républicaine soit assuré. En les voyant, Sixtine se lance dans une tirade sur l'attachement des militaires à la démocratie, et leur comportement exemplaire durant la crise qui a préservé les intérêts du pays, et je ne sais quelles conneries. Pour se retenir de lui faire une réponse bien sentie qui mettrait en péril les négociations, Tony passe nerveusement d'un site à l'autre sur son téléphone. Soudain, il pousse un cri étouffé et nous montre la une de DDS, la chaîne de la Ligue : *Nous venons d'apprendre la disparition de Christophe et Stanislas Fontaine dans un accident de la route. Restez connectés pour plus de précisions.*

– R.I.P.

Sixtine a lâché son commentaire de façon si désinvolte que je ne peux m'empêcher de réagir.

– Ça y est, c'est l'heure du grand nettoyage ?

Son ton est factuel, détaché.

– Pas la peine de réveiller Arnaud pour ça. D'après mes infos, Christophe Fontaine a appris que la commission centrale de la Ligue française enquêtait sur lui et sur Stanislas. Il essayait de fuir vers la Slovaquie quand sa voiture s'est encastrée dans un platane.

– Une enquête, quelle enquête ?

– Il semblerait qu'un groupe composé du père et du fils Fontaine ainsi que de trois ou quatre dirigeants de la Ligue et du syndicat Harmonie soit responsable de l'exécution d'Albertine Kouadio. Ce sont ces hommes, recrutés par l'organisation factieuse, qui ont réussi à transformer la manifestation pacifique du 6 février en tentative d'insurrection. Jamais les autres dirigeants de la Ligue ou du syndicat n'ont souhaité un tel drame. A fortiori une guerre civile.

– Alors ça y est, vous avez déjà réécrit l'histoire. Attendez, laissez-moi deviner, une fois que la guerre a démarré, les dirigeants les plus responsables de la Ligue ont bien tenté d'y mettre un terme, mais les provocations des islamo-wokistes ont rendu la situation incontrôlable. Trois mois plus tard, enfin, ils parviennent à faire le ménage dans leur camp et à tendre la main au président Humbert. Ensemble, vous allez redresser le pays, et ceux qui ne s'adaptent pas assez vite à la nouvelle donne doivent être liquidés ou rééduqués, c'est ça ?

Elle se retourne vers moi et me transperce du regard. Il ne reste plus rien de son vernis de parlementaire civilisée.

– Monsieur Kassim – et je vous dis cela avec tout le respect que j'ai pour vous et tout l'amour que j'ai pour votre fille –, si notre politique de rénovation nationale ne vous plaît pas, sachez que les frontières du pays sont ouvertes, nous n'obligeons personne à rester.

Daphné me serre la main pour me faire taire. Qu'est-ce que je peux répondre de toute façon ? Non, elle ne me plaît pas votre politique de rénovation nationale. Non, ça ne me transporte pas de vous voir vous allier avec l'extrême droite pour vous emparer de mon pays tout en prétendant le sauver. Mais de qui donc mériterait-il d'être sauvé, si ce n'est de vous, qui ne possédez ni dignité ni honneur ? Mieux vaut garder ces pensées pour moi et ne mettre en danger ni ma fille, ni Tony, ni Arnaud, Ilyas et Soraya. Je le dois à tous ceux qui m'ont aidé à accomplir la minuscule et magnifique mission d'arracher des innocents à la folie meurtrière des uns et des autres ; de préserver un brin d'espoir, une once de santé mentale, au milieu de la métastase de l'hubris. Tony, Daphné, Bakary, Djénéba, Françoise, Emmanuel, Erwan et les autres ; leurs actes ont existé. Cela compte plus que les calculs de Sixtine Durand-Lefebvre, députée de Chartres, étoile montante du parti présidentiel, le si bien nommé Égalité. Elle a d'ailleurs parfaitement raison de me rappeler que les frontières du pays sont ouvertes. Ça tombe bien, je sais exactement où aller.

Le nom du village de Sybille apparaît dans la lumière des phares. Pendant que Françoise et Sixtine vont négocier les conditions de la reddition des wokistes, et leur transfert dans une sorte de zone autonome, j'aurai tout le temps d'exposer mon plan à Daphné. Pour le mettre en œuvre, il me faut juste trois passeports, trois visas et trois billets de bateau au départ de Bordeaux. Pour le reste, comme dirait Arnaud, Allah pourvoira.

Épilogue

Chaque soir, au coucher du soleil, par milliers, des femmes et des hommes de tous âges quittent les bureaux où elles s'échinent, les écoles où ils enseignent, les universités où elles étudient, les dépôts où sont garés leur minibus, les ateliers de couture, les fast-foods de fortune, les espaces de coworking, les rédactions, les *call-centers*, les supérettes, les stations-service, les trains de banlieue, les friperies, les studios d'enregistrement, les hôtels de luxe, les chantiers, les marchés, les centres de santé, les cabinets d'architecte, les commissariats de police et les menuiseries métalliques, pour rejoindre la corniche. Les yeux grands ouverts dans sa poussette, Ilyas se nourrit du spectacle de la promenade vespérale. Il y a les familles, les amoureux et les amis, au rythme tranquille desquels nous marchons ; et à côté d'eux, les sportifs. Ici, ils retrouvent leur corps et leurs sensations ; oubliant les chefs, les réprimandes, les fichiers Excel à rendre pour avant-hier, les clients qui exigent encore un rabais alors qu'à ce prix-là, *wallaye*, il ne reste pas vingt-cinq francs

CFA de bénéfice ; laissant le vent emporter dans l'océan toutes les mauvaises ondes accumulées dans la journée.

À perte de vue, les corps s'emparent des agrès de toutes sortes qui parsèment le littoral. Ils se soulèvent, se plient, se penchent et se tordent dans la beauté de l'effort librement consenti. Des squats, des développés-couchés, des pompes, du gainage ; des fentes, des tractions, des *crunchs*, des *burpees*, en veux-tu en voilà. En contrebas sur la plage, ce sont des jeunes gens alignés et synchronisés qui avancent puis reculent en montant haut leurs genoux au commandement d'un coach à casquette de base-ball. Le simple effort d'extraire leurs pieds du sable suffit à sculpter leurs muscles avec plus de grâce et d'efficacité qu'aucune machine de fitness n'y parviendra jamais. Les contempler me procure un sentiment de paix et de bien-être comme j'en ai rarement connu.

Endormi à présent, Ilyas sourit à la brise du soir. Arnaud revient de la mosquée de la Divinité, où il est allé effectuer sa dernière prière de la journée. Il prend les commandes de la poussette et nous empruntons le chemin qui circule entre les cocotiers jusqu'à notre table habituelle à la terrasse de Chez Alassane et Ousseynou. Cette nuit, Soraya est de garde à l'hôpital Fann. Demain – le Sénégal n'a encore rien d'une utopie décroissante –, son mari ira faire son *shift* au KFC (c'est le seul boulot qu'il a trouvé, les paysagistes diplômés ne manquent pas à Dakar et les réfugiés européens n'ont pas la priorité sur le marché du travail). Moi, je garderai le petit toute la matinée pour que Soraya se repose.

Nous commandons un *thiof* braisé avec de l'*attiéké*. Accompagné d'une grande Flag pour moi et d'un jus de gingembre pour Arnaud. Comme chaque soir depuis sept semaines, je verse quelques gouttes de bière sur le sol en récitant les noms des disparus. Afin de ne pas oublier que tout a commencé par un massacre. *Ahmed, Éminé, Sarah, Gilles, Océane, Kevin, Coumba, Denise, Fatima, Mamadou, Bocar, Tijani*. Ils n'avaient rien de héros. Mener leur vie à leur façon, c'est tout ce qu'ils demandaient. Et la meilleure manière de leur rendre hommage est de mener la nôtre.

Alassane augmente le son du journal télévisé. Ça fait quelque temps déjà que la Situation ne fait plus les gros titres. Nous sommes en pleine saison des pluies et ce qui préoccupe les Sénégalais, ce sont les inondations dont les conséquences sont chaque année plus catastrophiques. Alors une guerre civile dans un pays riche, a fortiori, l'ancien colonisateur, ça n'est pas au cœur des préoccupations. Mais des Sénégalais continuent à vivre en France et un certain nombre de réfugiés français ont été accueillis par le Sénégal – une surprenante générosité qui peut s'expliquer par un très subtil désir de revanche historique et par la volonté du nouveau pouvoir de montrer qu'après des périodes de troubles, le pays a retrouvé sa stabilité légendaire. Aussi, on en parle quand même en fin d'édition. La présentatrice évoque l'accord qui a enfin été signé entre Nacéra Mokadem et Sixtine Durand-Lefebvre, la nouvelle ministre de l'Unité nationale. C'est officiel : le Front uni se voit attribuer dans le sud de l'Ariège une Zone autonome insurgée.

Ça fait des jours que Nacéra, Emmanuel, Françoise, Tony, Bakary, Djénéba et les autres sont en train d'y poser les bases de leur utopie néo-zapatiste et de préparer la résistance : mener des cyberattaques pour perturber le système concentrationnaire mis en place par la Ligue et Égalité. Et harceler les centres de regroupement à la campagne pour en libérer les prisonniers en instance de « rééducation ». Tony nous a envoyé des vidéos filmées clandestinement dans une coopérative agricole normande : entre les chants patriotiques, les danses folkloriques, les sévices physiques et les humiliations publiques, on se croirait en 2023 dans le Xinjiang. Une partie de moi regrette de ne pas participer à la lutte qui s'annonce. L'autre pense que je n'aurais pas su comment m'y prendre. Ce combat appartient à une autre génération que la mienne.

Buvant une gorgée de Flag, respirant l'air iodé et écoutant les volutes de *Jin Ma Jin Ma* – un vieux tube de l'indémodable groupe afro-cubain Orchestra Baobab – se mêler au son des rouleaux de l'océan et au cri des mouettes, je ressens dans ma chair à quel point mon père a été heureux ici. Et je me dis qu'il a vraiment dû aimer beaucoup ma mère pour s'installer dans la grisaille parisienne au lieu de s'inscrire au barreau de Dakar. C'est ainsi, c'est le karma, et s'il avait fait un autre choix, je ne serais pas assis là à y réfléchir. L'an prochain, Daphné m'a promis qu'elle prendra à son tour le bateau pour venir me voir. Après avoir repris ses cours à Sciences Po et rompu avec Sixtine, elle s'est prise à rêver d'enseigner un semestre à l'université

Cheikh-Anta-Diop. Quand elle sera là, nous ferons un saut à Nouakchott, ce n'est qu'à une journée de bus. J'ai repris contact avec les deux branches de la famille. Ils ont eu très peur pour nous et souhaitent que nous restions sagement en Afrique.

Comme dit ma cousine Khadija, l'Europe du XXIe siècle, c'est décidément trop dangereux.

Du même auteur

Arab jazz, Viviane Hamy, 2012, Points, 2014.
N'appartenir, Viviane Hamy, 2014.

Les Avrils, une collection imaginée par
Sandrine Thévenet et Lola Nicolle.

Enthousiasmes littéraires

Conception graphique : Atelier 25.
Composition : Nord Compo.
Correction : Agnès Aubry.

Déjà parus aux Avrils

Raphaël Alix, *Le Premier Homme du monde*
Raphaël Alix, *Protocole miracle*
Isabelle Boissard, *La fille que ma mère imaginait*
Lucile Bordes, *Que faire de la beauté ?*
Jeanne Broucq, *Zéro virgule neuf pour cent*
Didier Castino, *Quand la ville tombe*
Didier Castino, *Boxer comme Gratien*
Guillaume Collet, *Les Yeux de travers*
Nicolas Delisle-L'Heureux, *Un grand bruit de catastrophe*
Martine Delvaux, *Le monde est à toi*
Martine Delvaux, *Pompières et Pyromanes*
Arnaud Dudek, *Le Cœur arrière*
Martin Dumont, *Tant qu'il reste des îles*
Dominique Fabre, *Trois Passagers*
Bertrand Guillot, *L'Abolition des privilèges*
Amandine Hamet, *Les Couleurs*
Driss C. Jaydane, *Moïse de Casa*
Bianca Joubert, *L'Amérique n'est blanche qu'en hiver*
Dimitri Kantcheloff, *Supernova*
Bill Kouélany, *Kipiala ou la rage d'être soi*
Alexandra Matine, *Les Grandes Occasions*
Alexandra Matine, *La Pire Amie du monde*
Vidya Narine, *Orchidéiste*
Dan Nisand, *Les Garçons de la cité-jardin*
Lili Nyssen, *L'Effet Titanic*
Suzanne Privat, *La Famille, itinéraires d'un secret*
Johanne Rigoulot, *Une fille de province*
Isabelle Rodriguez, *Les Orphelines du mont Luciole*

Achevé d'imprimer par l'imprimerie Corlet,
à Condé-en-Normandie
ISBN : 978-2-38311-004-0
N° d'impression : 21100348
Dépôt légal : mai 2023